독일문학과 동양의 만남

독일문학과 동양의 만남

진상범 지음

KSi 한국학술정보(주)

머리말

　　평소 필자는 독일문학을 새롭게 연구하려면 기존에 고수해 온 문학연구방법의 틀로부터 벗어나야 한다고 생각했다. 한국에서 대부분의 독문학 연구는 서구적인 관점에서 주로 수행되는 경향을 보이고 있다. 본서의 목적은 이에 대한 새로운 학문적인 도전으로서 동양적인 관점으로도 독문학을 연구할 수 있다는 가능성을 보여 주는 데 있다. 독일문학 속에 동양적 주제가 가장 뚜렷하게 나타난 작품을 생각하던 중에 여러 독일작가들 중에서 먼저 괴테(Goethe), 되블린(Döblin), 그리고 헤세(Hesse)가 떠오르게 되었다. 평소 괴테에 대한 관심이 많았던 필자는 괴테의 작품을 신화적, 교양소설적 그리고 비교문학적 관점에서 연구하면서 동양을 진지하게 탐구하였다는 사실을 발견하고 괴테의 동양관에 주목을 하게 되었다. 그리고 1813년 그의 만년에 나폴레옹의 출현으로 인해 유럽이 처한 시대 위기를 극복하기 위해 세계문학(Worldliterature) 이념의 필요성을 인식하면서 동양에 강한 관심을 가지게 되었다. 또한 괴테는 흔들리는 유럽을 해결할 수 있는 지혜를 구하려고 고민하던 차에 공자의 사상을 라틴어로 접하면서 중국의 공자사상에 매료되기도 하였다. 다른 한편 20세기 초반 세계대전을 체험한 후 유럽의 지성인들은 유럽의 위기를 극복하고자 동양의 지혜에 눈을 돌리게 된다. 그들이 믿고 있었던 유럽문화에 대한 회의에 빠지면서 유럽중심주의(Eurocentralism) 사고방식으로부터 탈피하여 동양에서 그 해결의 실마리를 찾아서 문학적으로 시도한 작가가 되블린과 헤세이다. 이러한 현대 독일문학을 대표하는 두 작가들이 동양을 어떻게 수용하고 그들의 동양체험이 두 작가의 작품 세계에 어떠한 영향을 주고 있는지를 탐구할 필요성을 인식하게 되었다. 상기한 세 작가가 공히 시대 위기를 극복할 수 있는 지혜를 동양에서 발견하고 문학적으로 시도한 점에서 공통점을 발견하게 되었다. 그래서 독일문학작품 중에서 상기한 세 작가의 작품을 연구의 대상으로 삼게 되었다. 특히 동양체험을 계기로 세계 문학의 이념을 문학적으로 구현한 19세기 괴테와 20세기 유럽의 몰락을 예감하고 미래의 유토피아를 과감히 문학적으로 제시한 되블린과 헤세가 동양체험을 어떻게 작품에 반영하고 있는지와 그 의미에 초점을 두고 분석 고찰하려고 하였다. 특히 여기에서는 먼저 괴테가 만년에 접어들면서 그의 동양에 대한 교양 체험을 그의 후기 시「중국과 독일의 사계절과 사시각(Chinesische-deutsche Jahre-u.Tageszeiten)」에 어떻게 반영하고 있는지를 밝히고 싶었다. 특히 괴테의 그와 같은 동양 수용이 그의 세계 문학적 차원에서 어떠한 의미를 지니게 되는지를 검토해 보았다. 또한 되블린의 경우에는 그의 동양에 대한 교양체험이 그의 작품『왕룬의 세 도약(Die drei Sprünge des Wang-Lun)』속에 어떻게 반영되어 있는지를 고찰해 보았다. 그와 같은 상기한 작품에 투영된 그의 동양 수용은 어떠한 표현주의적인 의미가 있는지를 분석 고찰하였다. 헤세의 경우에 동양의 사상과 문학이 가장 잘 반영된 『싯다르타(Siddhartha)』, 『클링조어의 마지막여름(Klingsors letzter Sommer)』, 그리고 『유리알 유희(Glasperlenspiel)』를 선택하게 되었다. 헤세의 상기한 작품 속에 보이는 동양 수용이 어떠한 낭만주의와 표현주의적 의미가 있는지를 살펴보고자 했다. 여기에 수록된 글들은 지난 1992부터 지금까지 한국연구재단으로부터 연구지원을 받아서 수행된 연구결과를 중심으로 부분적으로 보완하여 엮어 본 것임을 밝혀둔다. 필자는 지금까지 동양적인 관점에서 독일문학을 연구한 결과물을 정리하여 한번 책으로 엮어 보려는 뜻을 오래전부터 가지고 있었다. 이번 기회를 놓치면 연구한 학술자료가 연구실 구석에서 사장될 것 같아서 용기를 내어서 출간하게 되었다. 이 자리를 빌려서 본 저서를 세상 밖으로 나오도록 쾌히 도와준 전북대학교 서거석 총장님을 비롯하여 한국학술정보(주) 채종준 대표님께도 감사의 마음을 전하고자 한다. 마지막으로 뜻 있는 한국 독문학계의 선후배의 생산적인 비판을 기대해 본다.

본 저서는 2010년도 전북대학교 저술장려연구비지원에 의해서 연구되었습니다.

대학 연구실에서
진상범

::목 차

제7장

제 1 장

서론

제1장 서론

    독일문학을 연구할 수 있는 다양한 방법론이 있다. 그 중에서도 비교문학적인 방법을 택한 이유는 다른 방법론에서는 서구적인 관점에서 벗어 날 수 없는 데 반하여 비교문학적 방법론에서는 동양학적인 관점을 수용할 여지가 있기 때문이다. 앞으로 동양권에 속하는 한국에서도 외국문학인 독일문학을 동양의 관점에서 활용할 수 있다는 가능성을 보여 주기 위함이다. 지금까지 독문학의 연구는 서구적인 관점에서 주로 수행 되었는데, 이에 대한 새로운 학문적인 도전으로서 비교문학의 방법 속에 동양적인 관점을 과감히 독문학 분석에 도입해 본 것이다. 여기에 수록된 글들은 본인이 지금까지 학문적으로 관심을 두어왔던 비교문학적인 관점에서 독일문학을 연구한 성과물을 토대로 만들어 본 것이다. 비교문학은 일반적으로 영향을 전제로 하는 실증주의적 프랑스식 방법론이 있고, 영향을 받지 않고서도 상이한 두 나라 문학 사이의 유사성과 상이성을 비교 연구할 수 있다는 미국식 방법론이 있다. 본인은 두 가지 비교문학방법론을 적용하고 있다고 할 수 있는데, 가능하다면 영향을 전제로 하는 프랑스의 방법론을 우선적으로 택했으며, 그 방법론이 부적합하다고 판단되면 미국의 비교문학방법론을 적용했음을 밝혀 둔다.

제2장에서는 독일문학 속에 동양을 수용할 수밖에 없었던 유럽에서의 사회 문화적 조건을 살펴보려고 한다.

제3장에서는 동양적 관점의 본질이 되는 인도 불교사상, 중국의 역리사상과 도가사상의 본질을 규명하려고 한다.

제4장에서는 동양이 독일 문학에 어떻게 영향을 끼쳐 왔는지를 독일 고전주의미학을 완성한 괴테문학과 관련하여 분석·고찰하였다. 특히 괴테가 만년에 접어들면서 독서를 통해 동양에 대한 교양을 체험하고서 그의 후기 시 「중국과 독일의 사계절과 사시각(Chinesische-deutsche Jahres u.Tageszeiten)」에 어떻게 반영하고 있는지를 고찰해 보았다. 괴테의 그와 같은 동양 수용이 그의 세계 문학적 차원에서 어떠한 의미를 지니게 되는지를 검토한다.

제5장에서는 되블린의 경우에는 그의 동양에 대한 교양체험을 바탕으로 그의 작품 『왕룬의 세 도약(Die drei Sprühnge des Wang-Lun)』 속에 어떻게 반영되어 있는지를 고찰해 보고서, 그와 같은 상기한 작품에 투영된 그의 동양 수용은 어떠한 표현주의적인 의미가 있는지를 분석 고찰한다.

제6장에서는 헤르만 헤세의 동양 수용 과정을 작가 개인과 작품을 중심으로 그의 수용 양상을 살펴본다. 헤르만 헤세가 동양적 지혜를 작품에 수용하지 않으면 안 되는 수용의 조건을 밝히고, 그의 작품 『싯다르타』, 『클링조어의 마지막 여름』, 『유리알 유희』에 동양이 어떻게 수용되고 있는지를 살펴본다. 그리고 이러한 헤세의 작품상에

동양의 수용이 어떠한 문학적 의미를 제시하고 있는지를 『싯다르타』 작품에 보이는 불교적, 도가적 인간상을 신낭만주의의 관점에서 고찰하고, 『클링조어의 마지막 여름』과 『유리알 유희』 작품에 나타나는 이국적인 중국적인 인간상들이 독일 표현주의가 지향하고 있는 새로운 인간상(neues Menschenbild)과 어떠한 상관성이 있는지를 살펴본다.

제 2 장

동양적 관점의 본질

제2장 동양적 관점의 본질

　　본 장에서는 동양적 관점의 본질이 되는 인도의 불교사상, 중국의 도가사상과 역리사상의 특성을 살펴보기로 한다.

1. 인도의 불교사상(佛敎思想)

　　불교의 교리를 요점만 정리하면 다음과 같다. 불교는 개인 구제에 초점을 두고 있는 소승 불교와 대중의 구제를 목표로 하는 대승 불교로 나누어진다. 소승 불교의 목적은 개인 수도자의 해탈을 얻은 것으로 만족하지만, 대승 불교의 목적은 무상의 불과를 얻어 자기가 해탈되는 동시에 널리 다수의 인간을 제도함을 염원하는 것이다. 불교의 교의는 이 세상사의 모든 일들이 무상하다는 것에서 출발한다. 세상에 존재하는 것이 모두 현상뿐인 것으로 자아라는 것도 하나의 존재하지 않는 현상에 불과한 것이며, 모든 현상과 함께 변하고 또 변하여 붙잡을 수 없는 것이다. 그리고 변하지 않는 열반의 세계는 운동

도 없고 변천도 없는, 수도자들이 궁극적으로 도달하고자 하는 이상 세계이다. 모든 일체의 현상은 인연에 의해서 생겨나기도 하고 없어지기도 하여 모든 현상이 실로 무상하다. 중생이 번뇌에 사로잡혀 고(苦)에서 허덕이는 것은 그들이 무상한 것을 상주로 알아 거기에 애착심을 가지기 때문이다. 만일 모든 것이 다 무상한 줄을 알고 그것들을 의지하지 아니하고 마음을 쓰지 아니하면 고와 낙이 없어질 것이다. 이것이 열반의 세계인 것이다.[1] 불교 사상의 근원적 출발점은 인간의 내면적 성찰이다. 즉 인간은 명상과 수련을 통하여 욕망을 제거하면 부처와 같은 성스러운 존재가 될 수 있다는 믿음에서 출발하고 있는 것이다. 인간은 생명을 지닌 미물까지도 살생하지 않고 외경의 마음으로 대하여야 한다고 강조하고 있다. 인간이 도를 닦아서 성스러운 성인의 경지에 이를 수 있다는 믿음에서 출발하여 생명이 있는 모든 존재는 동일한 차원에서 경외되어야 한다는 생명 경외사상을 강조하는 종교라고 할 수 있다. 인간이 모든 만물의 영장이라는 우월의식을 지니고 있지 않고 생명을 지닌 존재로서 모든 생명체를 향하여 평등의식을 가지며 자연에 대한 공격적인 자세가 아닌 자연에 순응하고 경외하는 의식을 지니고 있다. 그리고 인간은 과거에 지은 업보에 의해서 현재의 존재 양상이 결정된다는 윤회설을 믿고 있다. 현재의 모습은 과거의 업보에 따라서 결정된다는 믿음에서 현재의 모습을 인정하기 때문에 아무리 불만스러운 위치에 처하더라도 주어진 현실에 순응하려는 경향을 지닌다. 불교에서는 윤회과정에서 인간으로 태어나기도 어렵다고 하는데 이것은 인간이 다른 생명을 지닌 존

---

1) 채필근, 비교종교론, 대한기독교서회, 1976, pp.288~291.

재보다도 부처가 될 수 있는 가능성이 높기 때문이다. 인간의 몸으로 태어난 것은 지난 과거의 선업의 결과로 보고, 부처가 될 수 있다는 가장 많은 가능성을 지니고 있다는 것을 의미한다. 현실적으로 득도의 길을 가는 사람들은 현실의 욕망의 세계에서 탈피하여 명상을 통해서 마음을 비우는 공(空)의 세계에 몰두한다. 불자들은 수도과정에서 설산에서 어려운 난관을 극복하고 보리수나무 아래서 만물의 이치를 깨달은 각성된 성스러운 존재가 된 부처에 대해 존경의 마음을 가지며, 부처처럼 되기 위해서 수도에 매진하고 있는 것이다. 궁극적으로 불자들은 수도(修道)를 통하여 제욕과정을 거쳐서 수많은 유혹과 고통을 극복하고 욕망의 속된 세계로부터 벗어나 번뇌와 고통으로부터 자유로운 존재가 되고자 노력한다. 그렇게 함으로써 그가 죽음 후에 고통이 전혀 없고 극도의 즐거움만이 존재하는 열반[2]의 세계와 서방정토의 극락세계에 갈 수 있다고 믿고 있다.

2. 중국 도가사상(道家思想)의 본질(本質)

도가사상(道家思想)의 핵심은 자연과 인간이 조화를 이루는 데 있다. 즉 인위적으로 일을 완성하려 들지 않는 무위(無爲)를 통해 자연스러운 덕(德)을 터득함으로써 인간이 우주의 한 구성요소로서 인간 본연의 모습으로 되돌아가고자 하는 데 있다. 이는 인간이 지니고 있

---

2) 김동화, 불교학개론, 보연각, 1975, pp.100～101[열반(Nirvana)이라는 원래의 의미는 불을 불어서 끈다는 의미다. 인간의 심중에 존재하는 백팔번뇌의 망상의 불을 불어서 끈다는 뜻이다.] Constantin Regamey, *Der Buddhismus Indiens*, Verlag Herder, Wien 1951 S.53[Etymologisch bedeutet es 'Aushauchen' und steht in Verbindung mit den Beschreibungen des Yoga-Verfahrens. 어원적으로 그것(Nirvana)은 '숨을 밖으로 내쉬다'라는 것을 의미하며 요가의 수행 과정을 묘사하는 것과 관련되어 있다.].

는 이성(理性)과 감성(感性) 및 모든 욕망으로부터 해방되어 궁극적으로 인간의 완전한 자유를 성취하려 함을 뜻한다. 노자의 도(道)는 무위(無爲), 무욕(無欲), 무사(無私), 무아(無我)의 경지에 이르는 상태를 의미하며, 이는 곧 자연에 해당한다. 그리고 도(道)는 움직이면서 변화하고 있지만 반드시 근본으로 되돌아오는 방향으로 움직이고 있다.

『도덕경(道德經)』에서 말하고 있는 성인(聖人)의 모습은 간난아이와 같으며 무위(無爲), 무욕(無慾), 무사(無事)하여 밝고 고요하며 허(虛)하고 참된 이상적인 인간의 모습이라고 표현할 수 있다. 이상적, 도가적 인간상은 무위(無爲)하면서도 모든 것을 알고 모든 것을 올바르게 판단하고 모든 것을 이룩하는 사람이다. 노자(老子)는 도덕경 제78장에서 다음과 같이 물을 가장 높은 도가적 본질을 지닌 상징적 존재로서 설명하고 있다.

> 천하의 유약한 것으로는 물보다 더한 것이 없지만, 견강한 것을 공격하는 데 있어서도 그보다 더 한 것이 없다. 아무것으로도 이에 대신할 수 없는 것이다. 약한 것이 강한 것을 이기고 유한 것이 억센 것을 이긴다는 것이다.

> 天下莫柔弱於水 而攻堅强者
> 莫之能勝 其無以易之
> 弱之勝强 柔之勝岡[3]

도가적 깨달음에로의 길은, 장자의 제22장에 몸을 하나로 집중한다면 하늘과 조화가 이루어지고 도(道)에 이를 수 있다는 것이 다음과 같이 제시되어 있다.

---

3) 禹玄民 譯註. 老子. 博英社. 서울 1976. S.310.

그대의 몸을 단정히 하여 하나로 집중한다면 하늘의 조화가 자연히 이루어질 것이다. 내적 각성을 하여 절대로 하나가 되면 정신이 그대 마음 한가운데 자리 잡아 그대는 도(道)와 함께 할 것이다. 그리하여 기쁨으로 충만하리라. 그대는 갓 태어난 송아지처럼 더는 아무것도 갈구하지 않고 그냥 바라보고만 있을 것이다.[4]

궁극적으로 도인(道人)에 도달한 상태에서는 삶과 죽음이 동시적으로 인식되며, 인간적 요소가 없어지고 신성한 존재로 변화한다고 장자의 제22장과 제6장에 서술되어 있다.

莊子 二十二章: 庚桑楚, 宇泰定者, 發于天先, 發于天中光者, 人見其人, 人有修者, 及令有恒, 有恒者, 人舍之, 天助之.[5]

노자의 도덕경 제16장에서도 늘 변화하면서 변화하지 않는 것을 이해함이 도인의 깨달음이라고 지적되어 있다.

중국인들은 자연에 대한 경외감을 가지고 자연과 어떻게 하면 하나가 될 수 없을까하고 성찰한 결과로 무위자연(無爲自然)의 법칙을 발견하게 된다. 노자의 핵심사상인 무위자연의 이치를 의미하는 "다스리려고 하지 않으나 다스려지지 않는 것이 없다"[6]라는 말이 있다. 인간의 인위적인 힘을 빌리지 않고서 사계절의 변화가 순환적으로 이루어지고 있다는 자연의 현상을 보면 쉽게 이해된다. 삼라만상의 법칙이 이러한 무위자연의 법칙에 의해서 이루어지듯이 예술도 도의 법칙에 따르면 완미의 경지에 도달할 수 있다는 뜻으로 해석된다. 박선규의『도사상(道思想)과 회화세계(繪畵世界)』에 "예술 행위에 있어서 절대적인 법칙성은 도(道)에 그 근원을 두어야 한다. 우주 만물이 생

---

4) 莊子, 第二十二章.

5) 莊子, 第六章, 第二十二章.

6) 老子, 『道德經』, 第三十七章 [爲無爲, 則無不治]

성하고 발전한 자연적인 모든 현상을 도(道)의 이치에 의한 것이라고 한다면 도덕행위가 추구하는 완선(完善)과 예술이 추구하는 완미의 경지도 도(道)의 이치(理致) 안에 있다. 예술은 즉 도(道)라고 한 바와 같이 완선과 완미의 경지가 다른 것이 아니다"[7]라고 지적하고 있다 또한 공자(孔子)도 덕(德)을 근원으로 하여 완미(完美)의 세계에 이를 수 있다고 한다. 공자는 예(禮)와 락(樂)은 자연 현상이 상합하여 조화를 이루는 이치를 그 근본으로 삼고 있다. 예의 극치는 조화에 있다. 조화가 되어야만 성정이 상하지 않고 즐거움을 얻어 낼 수 있다. 이러한 즐거움을 표현한 것이 낙이며 이러한 낙은 천지만물이 동화된 상태인 것이다.[8] 공자의 음악관을 단적으로 표현한 글을 살펴보기로 하자. "무릇 음(音)은 사람의 마음에서 생기는 것이다. 락(樂)은 윤리에 통하는 것이다. 음(音)을 상세히 살피면 락(樂)을 알게 되고, 락(樂)을 잘 살펴보면 정치를 알게 된다."[9] 여기에서 말하고 있는 음은 마음의 표현이요, 영혼의 리듬이다. 락(樂)은 인간의 도의심과 통하며 인생의 도가 여기에 표시되어 있으므로 락(樂)을 잘 터득하면 정치도 인간 집단적 의사의 표현이기 때문에 정치의 이를 알게 된다는 의미이다. 공자는 중국 문화의 원천으로서 음악에 매우 깊은 관심을 가지고 연구하며 식음을 잊을 정도로 즐겨 불렀으며, 윤리의식을 고취하는 매개체로 보았다. 공자는 팔일편(八佾篇)에서 소락(韶樂)을 비평하면서 "미(美)의 극치를 이루고 선(善)의 극치를 이루었느니라. 무락(武樂)을 비평하기를 미의 극치를 이루고 선의 극치를 이루지 못하였느니라"[10]

---

7) 朴先圭, 『道思想과 繪畫 世界』, 숭례문, 1992. p.29.

8) 위의 책, p.30.

9) 論語, 玄岩社, 新譯四書 II, 成均書館, 1976. p.258[凡音生於人心者也, 樂子通於倫理者也, 審音以知樂 審樂以知政]

라고 했다. 여기에서 보면 미(善)와 선(美)을 예술의 요소로 보고서 윤리성이 없는 예술은 가치가 없는 예술이라고 배척하고 있으며 최고의 미(美)는 최고의 선(善)과 일치한다는 사실을 지적하고 있다. 공자의 음악관은 미와 진의 통일을 의미하며 이러한 통일은 우주와의 화해 정신에서 발생한다고 보고 있다. 또한 공자는 그의 저서 『시경(詩經)』에서 "삼백여 편을 한마디로 표현하면 사악함 없는 정신"[11]이라고 언급할 정도로 음악은 개인의 사악함이 없는 자연의 이치에 맞고 인간의 윤리성에 어긋나지 않는 자연스럽고 소박한 마음의 울림으로 이해된다. 유협의 『문심조룡』에서 시인의 문심이 발동하는 것은 우주로부터 나오는데, 시인의 마음에 비친 우주(하늘)의 세계를 인간의 언어로 옮기는 과정[12]이라고 언급하고 있다. 이것은 우주의 자연 현상을 인간계에 유추하여 시인을 통해서 표현한 것으로 이해된다. 말하자면 문학의 궁극적인 목표는 글을 통해서 우주의 원리 곧 도를 규명하는 일이라고 하는 도가적 문학관을 엿볼 수 있다.

3. 음양 역리사상 원리(陰陽 易理思想 原理)

만물의 생성원리는 음과 양의 이원적 요소로서 설명될 수 있다. 역리사상에 의하면 우주는 창조 원리의 상징기호인 건(乾: 하늘)과 수용

---

10) 論語, 八佾 二十五篇[子謂韶盡美矣, 又盡善也, 謂武盡美矣, 未盡善也]

11) 孔子, 『論語』, 爲政 第二章[詩三百, 一言蔽之, 曰, 思無邪]

12) 劉勰, 文心雕龍, 최동호 역편, 민음사. 2005. p.31[문의 속성은 지극히 포괄적이다. 그것이 천지와 함께 생겨났다. 어째서 그런가? 하늘과 땅이 생겨나자 이어서 검은색과 누른색의 구별이 생겨났고 원형과 방형의 구별이 생겨났기 때문이다. 해와 달은 백옥을 겹쳐 놓은 것과 같아서 하늘에 붙어 있는 형상을 나타내고, 산과 하천은 비단에 새겨 놓은 자수와도 같아서 땅에 펼쳐져 있는 형상을 나타낸다. 이러한 모든 것들은 대자연의 문(文)이다. (…) 인간은 오행의 정화요, 천지의 마음이다. 마음이 생겨나면서 그와 함께 언어가 확립되고, 언어가 확립되면서 문장이 함께 분명해진다.]

원리의 상징기호인 곤(坤: 땅)으로 구성되어 있다.

이러한 음·양의 세계는 서로 대립하거나 투쟁하는 것보다는 서로 상호보완하면서 조화를 이루고 있다. 미국계 중국문학자 보데(D. Bodde)도 그의 논문「중국문화형성에 있어서 지배적인 사상」에서 음 양이 이원론적인 상호 대립의 개념이 아니라 상호 보완적인 관계에서 조화를 이루고 있다고 지적하고 있다.[13] 식물의 생물학적 성장과정에서처럼 관찰될 수 있는 이와 같은 작용의 기능은 일종의 유기적인 합일성(合一性)을 보여주는데, 이것이 곧 '도(道)'에 해당한다. 도는 "한번은 음(陰), 다른 한번은 양(陽)으로 나타나는 것이 바로 道이다."[14] 라고 정의 내려져 있다. 역리사상은 중국의 유가사상과 도가사상의 근본정신에 깊은 영향을 주었으며 중국사상의 모태라고 할 수 있다. 중국의 고전적 사고방식과 생활방식에 밀접한 관련성을 지니고 있는 것이 바로 역리사상인 것이다. 역리사상은 양의 요소와 음의 요소가 작용하여 현상적으로 변하고 있다. 하지만 역리사상은 근본원리 면에서 변화하지 않는 특성을 지니고 있다. 마치 사계절이 봄, 여름, 가을, 그리고 겨울로 시간의 변화에 따라 계절의 변화가 진행되지만 결국 사계절의 순환적 변화원리는 변하지 않는 것과 같다. 이와 같은 음·양 원리의 속성을 분석해보면, 양(陽)의 세계는 긍정적 세계, 밝은 세계, 남성적 세계, 건조한 세계, 하늘의 세계라고 할 수 있으며 음(陰)의 세계는 부정적 세계, 어두운 세계, 여성적 세계, 습한 세계, 땅의 세계라고 할 수 있다. 역경에서 "역에 태극이 있는데, 이것이 양의를 낳고

---

[13] Bode, *Dominent Ideas in the formation of Chinese Culture*. In: Journal of American Oriental Society. Vol. 62. 1962. p.295.

[14] *I-Ging*. übersetzt von Richard Wilhelm. a.a. O.S.225[Was einmal das Dunkel(Yin) und einmal das Lichte(Yang) hervertreten läßt. das ist der Sinn(Tao)]

양의는 사상을 낳고 사상은 팔괘를 낳는다"[15]라고 말하고 있다. 이러한 태극이 음양의 변화 생성의 종국처라고 할 수 있다. 역리사상의 원리를 상징하는 태극도(太極圖)를 도표로 소개하면 다음과 같다.

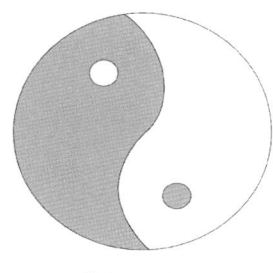

태극도(太極圖)

이 태극도(太極圖)를 보면 어두운 음(陰)의 세계와 밝음을 상징하는 양(陽)의 세계로 구성되어 있으며 계속적으로 순환적인 움직임을 나타내고 있으며, 양의 세계는 순환적으로 처음의 세계로 돌아가게 되어 있다. 음의 세계가 극(極)에 도달하면 양(陽)의 세계로 변화하는 현상을 보이고 있다.

태극도 내에는 큰 음의 세계 속에 작은 양의 세계가 잠재적인 인자(因子)로서 존재하고 있다. 또한 큰 양의 세계 속에서도 작은 음의 세계가 잠재적인 인자(因子)로서 숨어 있는 것이다.[16]

주자는 "우주는 하나의 태극을 갖고 있는 동시에 우주 안에 있는 모든 존재는 각기 태극을 갖고 있다"[17]라고 언급하고 있다. 맹자, 중용에서의 '知天'이나 주역의 '至命'은 여러 이치의 종국적 유래에 대한 탐구이며, 결국 태극에 대한 탐구인 것이다. 그것은 모든 사물의 근원성, 전체성 그리고 유기적 통일성에 대한 추구이다.[18] 인간은 자연과 만물이 하나의 생명체요, 하나의 태극이라는 인식에서 자연과 만물에

---

15) 周易, 易有太極 是生兩儀 兩儀生四象 四象生八卦

16) Josef Ritt, 「Yin und Yang im traditionellen chinesischen Denken」, Diplomarbeit, St. Gabreil, 1975. S.35.

17) 朱熹, 朱子語類, 제94권[萬有一太極 萬有各有太極]

18) 곽신환, 『주역의 이해』, 주역의 자연관과 인간관, 서광사, 2003. p.302.

대한 사랑이 싹트는 반면 서구의 근대 과학의 사물관은 사랑이 없는 인식이라고 지적하고 있다.[19] 이외에도 역리사상은 순환 변화하는 음양의 원리에 따라서 인간의 미래의 운명을 점칠 수 있는 예언적 기능을 수행할 수 있다. 또한 역리사상은 인간의 체질을 태양(太陽), 소음(少陰), 태음(太陰), 소양(少陽)이라는 사상으로 나누어 사상의학을 체계화하여 한의학의 처방의 원리로 응용되기도 하고 문학에서 양의 문학과 음의 문학으로 분류하여 작가와 그의 문학작품을 고찰할 수 있다. 이러한 음양 원리를 문학에 적용 가능한지를 검토하기 위해서 필자는 박사학위논문에서 이러한 음양의 원리의 관점에서 헤세의 소설문학을 분석 고찰한 바 있다.[20]

---

19) F. Capra, 『현대물리학과 동양사상』, 이성범 · 김용정 옮김, p.279.
20) 陳祥範, 「괴테와 헤세 文學에 나타난 中國受容比較研究」, 高麗大學校 大學院 박사학위논문, 1988, pp.73~87.

제 3 장

독일문학에 있어서 동양 수용의 전제

제3장 독일문학에 있어서 동양 수용의 전제

　19세기 중엽부터 20세기 초에 이르기까지 서양에서 동양을 수용할 수밖에 없었던 전제 조건으로서는 크게 다음 세 가지로 나누어서 지적할 수 있다. 첫째로 과학 기술의 진보로 인한 교통수단의 발달로 동서 교류의 활성화, 파리 박람회를 통한 아시아 예술에 대한 관심 고조로 인한 아시아 문화에 대한 번역 작품의 증가를 들 수 있다. 둘째로 유럽의 정신사적인 측면에서는 쇼펜하우어(Schopenhauer) 그리고 니체(Nietsche)의 기존 역사주의와 기독적인 세계관에 대한 정적 입장과 서구인들이 고수해 왔던 서구중심주의적 사고방식(Eurozentalismus)에 대한 회의에서 발생한 서구 문화 염세주의(Kulturpessimismus)를 지적할 수 있다. 셋째로 예술사적인 측면에서 기존의 서양의 사실주의적 화법에 충실한 예술사조의 전통으로부터 탈피하여 참신한 예술사조를 창조하기 위해 도입한 신비주의경향, 원시주의(Primitismus) 그리고 이국지향성(Exotismus)을 들 수 있다.

　프랑스의 시민혁명을 거친 19세기의 유럽은 나폴레옹의 대륙 점령을 시작으로 역사상 가장 복잡한 양상을 보이는 격동의 시기였다. 외국의 다양한 문화가 한꺼번에 유입되고 기술혁신과 발전에 따른 교통의 발달에 힘입어 여행이 활발해짐으로써 외국에 대한 관심이 그 어느 때보다도 높았던 때였다. 마르코 폴로의 여행기로 인해 아시아에 대한 신비로움이 오랜 세월을 두고 전설처럼 내려오다가 이 시기에 들어 점점 구체화되기 시작한다. 따라서 19세기 중엽 프랑스에서 시작한 아시아에 대한 관심은 전 유럽으로 확산되어 예술과 문화 전반에 많은 영향을 주었는데, 그 가운데서도 특히 인상주의 예술과 문학이 백미로서 가장 심대한 영향관계를 형성하고 있다. 19세기 초만 해도 프랑스는 아시아에 대한 지식이나 관심이 미약했다. 그러나 해가 거듭될수록 아시아에 관한 저술과 아시아에 관련된 서적에 대한 번역작업이 활발해졌다.[21] 그로 인해 서양의 작가나 예술가의 작품에 아시아에 대한 표현이 빈번하게 등장하기 시작한다. 1867년에 파리에서 열린 만국박람회는 아시아에 대한 관심을 증폭시키는 촉발제가 되었다.

독일의 경우에는 아시아에 관심을 가지게 되는 요인으로 빌헬름 시대의 봉건주의적이며 폐쇄적이고 경직된 시대상황으로부터 벗어나고자 하는 심리와 더불어 쇼펜하우어와 니체의 염세적 세계관을 지적할 수 있다. 쇼펜하우어는 헤르더의 제자인 동양학자 프리드리히 마저(Freidrich Majer)로부터 인도의 정신을 알게 되었다. 인도 철학과 종교에서 그의 인생과 창작의 원천과 방향을 찾게 되었다. 그의 주저 『의지와 표상으로서의 세계(Die Welt als Wille und Vorstellung)』을 집필하는 중에도 인도의 라틴어로 된 우파이샤드를 접하면서 인류의

---

21) Ingrid Schuster, *China und Japan in der deutschen Literautur* 1890~1925, A. Franke AG Verlag bern 1977 S.6.

'시원의 종교(Urreligion unseres Geschlechts)'이며 그의 삶과 죽음의 위안을 찾을 수 있었다고 고백하고 있다. 또한 그는 불교의 윤회 사상과 해탈 사상의 본질을 이해하고 있었다.[22] 쇼펜하우어가 심취한 이러한 인도 철학과 불교는 그의 염세주의적 인생철학에 영향을 끼치고 있음을 부인할 수 없다. 그의 정신적 후계자인 니체도 쇼펜하우어의 염세적인 인생철학에서 언급하는 인생의 허무성을 초월적인 의지로서 극복하여야 한다는 인생철학으로 발전시켰다고 볼 수 있다. 19세기 중반부터 20세기에게 전파된 인도의 철학과 불교 사상은 그 당시의 시인 헤르만 헤세(H. Hesse)와 예술가 라하르트 바그너(R. Wagner)[23]를 매료시키기에 충분했다. 쇼펜하우어와 니체 같은 기존의 기독적인 세계관과 역사주의에 대한 반대 입장을 취하고 있는 유럽의 지식인들은 모든 고뇌의 원천을 내면적 욕망에서 찾고 있으며 그 해탈의 길도 모든 욕망의 비움에서 그 해결책을 추구하는 동양의 불교사상에 심취하였으며,[24] 이는 당시의 문학과 사상에 결정적으로 영향을 주었던 것이다. 특히 슈펭글러(Spengler)가 일찍이 그의 저서 『서구의 몰락(der Untergang des Abendlandes)』[25]에서 서구의 몰락을 예언하면서부터 유럽의 지성인들은 몰락해가는 서구문화를 구할 수 있는 대안책의 필요성을 절감하게 된다. 세계대전을 치르면서 유럽인들은 인간성 상실에 대한 냉철한 반성과 더불어 그들이 믿고 있었던 서구 문화에 대한

---

22) Gerhard Rosenkranz, *Der christliche Glaube angesichts der Weltreligionen*, Franke Verlag Bern und München 1967, S.16f.

23) 위의 책, S.18.

24) Vgl. Freny Mistry, *Nietzche and Buddhism*, Prolegomenon to a comparative study, Walter de Gruyter, Berlin, New york, 1981, PP.1~3 .Vgl. Elman, Benjamin A, Nietzche and Buddhism, In, JHI, 49, 1983, S. PP.671~686.

25) Oswald Spengler, *Untergang des Abendlandes*, Umrisse einer Morphologe der Weltgeschichte, DTV, München 1986.

회의와 염세에 빠지면서 서구인들의 병폐를 치유할 수 있는 길을 신비한 동양의 지혜에서 찾으려고 시도하였다. 인간성 상실의 시대에 절망하고 자아의 위기를 의식하고 있는 유럽인들에게 새로운 유토피아로서 우주 만물이 유기적으로 상호 조화를 이루고 있으며, 인간과 자연이 조화를 이루고 있는 도가적(道家的) 세계성이 새로운 유토피아로 비친 것이다.[26] 유럽인들은 세계대전의 경험을 통해서 그들이 믿고 있던 신앙 체계에 대한 위기[27]를 인식하면서 그들을 구원할 수 있는 지혜를 동양에서 찾게 된다. 따라서 당시 유럽인들은 정신적인 허무감을 충족할 수 있는 새로운 동양의 종교와 신비주의 사상에 깊은 관심을 가지게 되었으며,[28] 거기에서 서구인들이 추구하고자 하는 자아의 구원과 진정한 마음의 안식처를 찾으려 했던 것이다.[29] 그들에게서 동양은 시간을 초월하는 무상하지 않은 영원한 존재의 세계로 비쳤다. 1900년대를 전후로 하여 독일 문화권에서는 종교적, 형이상학적인 관심이 희박해지면서 불안한 감정이 확산되었으며, 언어와 과학으로는 도저히 설명할 수 없다는 한계를 인식하게 되고, 신비적인 종교의 세계에 빠지는 경향이 팽배하였다.[30] 말하자면 신이 떠나

---

26) Vgl. Jai Mia, *Döbihn and China, Untersuchung zu Döblins Rezeption des chinesichen Denkens, und seiner literarischen Darstellung Chinas.* In: *Die Drei Sprünge des Wang-Lun,* Frankfurt a. Main, Peter Lang 1993. S.18.

27) Vgl. Genes O.Stimpson, *Zwischen Mystik und Naturwissenschaften, Hermann Kasacks. Die Stadt hinter dem Strom im Lichte des neuen Paradigmas.* Frankfurt a. Main, Peter Lang S.95

28) Vgl. Ulrich Johannes Beil, *Die Wiederkehr des Absoluten, Studien zur Symbolik der Kristallien und Metallischen in der deutschen Literatur des Jahrhundertwende,* Frankfurt a. Main, Bern, New York, Paris, Peter Lang 1987. S.169.

29) Vgl. Ruixin Han, *Die China Rezeption bei expressionistischen Autoren,* Frankfurt am Main, Berlin, Bern, New York, Paris, Wien. Peter Lang 1993. S.84~85

30) Vgl. Moriz Babler & Hildegard Chatellier(Hrsg.), *Mystik, Mystizismus und Moderne in Deutschland um 1900.* Presses Universitaires de Strasboug, 1998. S.41~57 Vgl. Gerhart Wehr, *Europäische Mystik.* Panorama. S.233~241.

버린 세상에서 신적인 대상과 하나가 되는 신비적인 통일성(Unio Mystica)의 세계를 동경하였던 것이다.[31] 예술사적인 측면에서는 지금까지 자연주의 표현형식과 내용을 극복할 수 있는 미학적인 욕구가 생기게 되었는데, 기존의 서양 전통 화법에서 구사하던 원근법과 대상의 묘사에 충실한 사실주의적인 기법에서 완전히 벗어난 새롭고 자유스러운 예술의 세계를 염원하게 된다. 서구의 예술가들은 이와 같은 새로운 예술 사조를 창조할 수 있는 가능성을 기존의 서양 예술 전통에서는 찾아 볼 수 없었던 색다른 원시주의적 아프리카[32] 혹은 이국적 동양예술과 사상의 만남을 통해서 새로운 창작의 출구를 발견하게 된다. 따라서 세기 전환기에 활동하던 작가들은 동아시아의 예술과 사상에 매료되어 1890년에서 1925년 사이에 절정을 이룬다. 특히 인상주의와 유겐트 스틸은 일본에서, 표현주의는 중국의 사상에서 뚜렷한 영향을 받는다.[33] 세계대전을 체험한 서구의 예술가들은 지금까지 고수해 왔던 예술 전통으로부터 완전히 탈피하려는 시도로서 아시아의 강렬한 조형적인 서체를 과감히 도입하게 된다.[34] 이러한 간결하면서도 강렬한 인상을 주는 아시아적인 서체주의적 표현법은 서구 예술가들이 복잡한 대상을 표현하는 것보다는 전쟁으로 황폐화된 내면의 실존 상황을 간결하고 강렬한 이미지로 표출하는 데 적합한 것으로 받아들이게 된다. 그렇다면 서구의 지성적인 작가들의

---

31) Vgl. Uwe Spörl, *Gottlose Mystik in der deutschen Literatur um die Jahrhundertwende*, Paderborn, München, Wien, Zürich, Schöningh 1997. S.9, S.18.

32) Vgl. Jill Lloyd, *Germam Expressionism. Primitism and Modenity*. Yale University Press . New Haven & London. 1991. Vgl. Sally Price, Primitive Kunst in zivilisierter Gesellschaft, aus dem Englischen von Sylvia M.zSchomburg-Scherff. Campus Verlag Frankfurt/ New York 1992.

33) Vgl. Ingrid Schuster, *China und Japan in der deutschen Literatur* 1892~1925. a.a.o., S.5-6.

34) 김혜주, 동서미술비교론, 비씨에와 동양예술, 눈빛 2000. pp.51~69 참고.

이국지향주의(Exotismus)는 동양에 어느 정도의 관심을 보였는가? 당시 유럽에서 문학적인 도피의 공간으로는 주로 남해 절해의 섬, 정글, 그리고 원시의 세계였다. 다시 말해 자연 그대로의 상태와 원시인으로 이상화된 세계에로의 도피를 의미한다. 예컨대 이국주의 미학을 추구했던 작가로서는 피에르 로티(Pierre Loti), 폴 고갱(Paul Gauguin), 로베르트 루이스(Robert Louis), 스티븐슨(Stevenson), 루디아르드 키프링(Rudyard Kipling) 등의 경우를 들 수 있고, 독일 작가의 경우에는 막스 다우텐다이(Max Dauthendy), 빌리 자이델(Willy Seidel), 노베르트 자크(Nobert Jacques), 하우프트만(G. Hauptmann), 칼 쉬테른하임(Carl Sternheim), 로베르트 뮐러(Robert Müller) 등을 제시할 수 있으며, 인상주의적인 여행기의 형태를 취하고 있는 작가들로서는 베른 켈러만(Bern Kellermann), 에버스(M. H. Ewers), 발데마르 본셀스(Waldemar Bonsels)를 들 수 있다. 유럽 문명에 지친 다우텐다이(M. Dauthendey), 자이델(Seidel), 그리고 헤세(H. Hesse)와 같은 작가들이 정신적 시원(始原)의 고향을 그리는 작품들을 썼다.[35] 서구인들이 세계대전으로 인하여 유럽의 정신적인 공황에 처하게 되었을 때, 동양의 신비한 영적인 체험은 매우 깊은 의미를 지니게 된다. 그 당시의 유럽을 새롭게 변혁할 수 있는 정신적인 원천을 동양적인 영혼에서 추구하고 있다는 점에서 정신적인 이국지향주의라고 규정할 수 있다. 특히 세기 전환기 작가들이 주로 극동문화에 매료되어 탐미적으로 추구하는 자포니즘(Japonismus)[36]과

---

35) Vgl. Claudia Ridmann, *Grenzüberschreitungen, Die außereuropäische Fremde als Motiv im Reiseroman der Gegenwart*, Diss., Wien 1998, S.73.

36) Das grosse Kunstlexikon von P.W. Hartmann, Salzburg 1996 Japonismus, [자포니즘은 1855-1910사이에 유럽의 조형 예술 및 공예작품이 일본적 모범으로 조형화 하려는 강한 경향을 지칭한다. (...) 일본적 모티브와 기법을 획기적으로 사용한 유겐트스틸을 본격적으로 그 시기에 자포이즘이라는 용어로 특징 지워졌다. Japanismus, Bezeichnung für die von 1855-1910 herrschende Tendenz, europäische Werke

중국풍(Chinoserie)37)도 이와 같은 유럽인들의 이국 지향주의의 발상에서 나온 결과라고 할 수 있다.

---

    der Bildenden Kunst und des Kunstgewerbes nach japanischen Vorbildern zu gestalten. (...) Der eigentliche Japonismus, mit seiner groβzügigen Verwendung japanischer Motive und Techniken, setzte mit dem Jugendstil ein; zu der Zeit wurde auch der Terminus Japonismus geprägt.]

37) Das grosse Kunstlexikon von P.W. Hartmann, Salzburg 1996[중국풍이라는 말은 원래 프랑스의 나온 말 chinois라는 말에서 유래된 용어이다. 중국적 예술을 모범으로 삼고자하는 예술 경향에 대해서 지칭되는 말이다.(...) 중국풍은 유럽의 로코코 시대에 서양적으로 중국 예술을 모방하는 독창적인 예술 분야로 발전되여 갔다. Chinoiserie, die, von französisch chinois, "chinesisch", Terminus für (Kunst-)Gegenstände mit Verzierungen nach chinesischem Vorbild. (...) Im Rokoko entwickelte sich die Chinoiserie dann zum selbständigen Kunstzweig mit westlichen Nachempfindungen chinesischer Kunst.]

제 4 장

괴테에 있어서 동양 수용과
그 문학적 의미

제4장 괴테에 있어서 동양 수용과 그 문학적 의미

1. 괴테의 동양 수용과 문학적 의미

독일문학에 중국 유행의 바람이 본격적으로 불기 시작한 것은 18세기부터이며, 라이프니츠(Leibniz), 볼프(Wolff), 비란트(Wieland) 등에 지대한 영향을 끼치게 된다. "18세기 유럽은 고대 중국에 의해서 교육을 받기 시작했다"라는 알포세 파케(Alphose Paquet)[38]의 지적은 그런 사실을 뒷받침한다. 독일의 경우 라이프니츠는 이원론적 기호체계와 주역의 음양 사이의 유사성을 인식했으며,[39] 볼프는 공자의 윤리사상이 기독교의 윤리사상과 일치한다고 주장할 정도로 고대 중국이 독일에 끼친 영향은 지대한 것이었다.[40] 이러한 중국의 영향은 19세기에 와서는 고전주의 미학을 완성했던 괴테에게도 미치게 된다.

---

38) Adolf Reichwein, *China and Europe, Intellectual and Artistic Contacts in the Eighteenth Century,* Ch'eng-wen publisching Company, Tipe 1967, S.2.

39) Vgl. Ebenda, S.79.

40) Vgl. Max Wundt, *Die dt. Schulphilosophie im Zeitalter der Aufklärung,* Tübingen 1945, S.145, 176f.

1813년 나폴레옹(Napoleon)의 출현으로 유럽의 위기를 감지하고 있었으며, 바이마르(Weimar)공화국의 재상으로서 힘겨운 정무에서 벗어나고 싶은 심정과 경직된 고전주의 미학에서 탈피하고자 하는 괴테에게 동양은 처음에는 새로운 동경의 대상으로 부각되며 정신적 도피의 공간으로서 다가온다. 만년의 괴테는 서양과 동양이 서로의 이질성을 극복할 수 있는 세계 문학의 이념에 착안하게 된다. 동양과 서양의 상호 이질적인 요소까지도 관용의 정신으로 포용하며, 서양과 동양이 전쟁을 하지 않고 평화롭게 조화를 이룰 수 있는 이념을 구현하기 위해 창작한 작품이 바로 그의 만년의 시「중국·독일의 사계절과 사시각(Chinesisch deutsche Jahres u. Tageszeiten)」이다. 괴테의 경우에 있어서는 더욱 그러하다. 따라서 본 도서는 독일에서의 중국 수용이 어떻게 이루어졌는가를 이 작가에게서 집중적으로 살펴보고자 한다. 구체적으로 말해서 이 작가가 중국 수용을 하게 되는 전제조건, 수용 내용, 그리고 이러한 수용이 갖는 문학적 의미를 중심으로 고찰하고자 한다. 그런데 본 도서의 괴테에 관한 부분에 대한 서술은 본인의 기존 논문[41]과 일부 중복되는 점이 있으나, 여기에서는 그것을 바탕으로 더 보완하였음을 밝혀둔다.

1.1. 괴테의 중국 수용의 전제조건

괴테는 평소 가까이 지내던 비란트(Wieland), 쉴러(Schiller)가 갑작스럽게 죽고, 그의 모친까지도 별세하게 되자 인생의 고독감에 빠지게

---

41) Vgl. 拙稿,「괴테와 헤세문학에 나타난 중국 수용비교연구」, 고려대학교 박사학위논문, 서울 1988.

된다. 또한 바이마르(Weimar)공화국의 재상으로서 정치적 책무에 시달리면서 피곤에 지친 괴테는 1813년 나폴레옹(Napoleon)의 출현으로 인하여 뒤흔들리는 유럽을 의식하게 된다. 그리하여 마침내 그는 독일에서도 같은 해에 라이프치히(Leibzig)전투가 개시되자 그와 같은 시대의 와중에서 탈피하고 싶은 충동에 사로잡히게 된다. 괴테는 처음에는 새롭고 색다른 이국적 세계를 추구하던 중에 15세기의 티무르(Timur)의 폭정 속에서도 순수한 사랑의 시를 쓸 수 있었던 페르샤(Persia)의 시인 하피스(Hafis)에 감동을 느끼게 된다. 또한 괴테는 오스트리아의 동양학자 하머(Hammer)가 번역한 하피스(Hafis)시를 읽고서 근동문학에 관심을 가지게 된다.[42) 그는 이와 같은 그의 근동체험을 「서동시집(West-Östlicher Divan)」에 반영하고 있다. 이 당시의 유럽의 혼란된 분위기와는 대조적인 평화스럽고 안정된 이국적 세계가 그에게 동경의 대상이 됨은 자연스러운 일일 것이다. 괴테에게 동양은 처음에는 '가장 먼 세계(fernteste Welt)', '가장 낯선 세계(fremdste Welt)' 그리고 '가장 넓은 세계(weiteste Welt)'[43)로 보였다. 그러나 이와 같은 동양세계는 동경의 대상에서 점차 몸소 체험되어야 할 대상으로서 부각된다. 유럽이 처한 위기상황을 극복할 수 있는 지혜를 동양이라는 다른 세계에서 찾을 수 있지 않을까 하는 생각에서이다. 그리하여 괴테는 극도의 위기에 처한 유럽의 공간으로부터 탈피하여 조용하고 순수하며 다시 젊어질 수 있는 동양세계로 접근하게 된다.[44)

---

42) Wilhelm Solms, Goethes Vorarbeiten zum Divan. In: Münchner Germanistische Beiträge, hrsg. von Werner Betz und Hermann Kunisch, Band 12. Wilhelm Fink Verlag, München 1977, S.233 f.

43) Vgl. Fritz Strich, *Goethe und die Weltliteratur*, Francke Verlag, Bern u. München 1946, S.156.

44) Vgl. Ebenda, S.168. [Die Hingebung Goethes an den Osten ist selber gleichsam als eine selige Sehnsucht zu verstehen, durch dieses Opfer seiner selbst verwandelt, gereinigt, verjüngt, wiedergeboren aus dem Osten als europäischer Mensch zu erstehen.]

그런데 유럽의 시대상황이 극도로 악화되면서 그의 동양관에 변화가 일어난다. 괴테의 시야는 근동(Nahe-Ost)에서 극동(Fern-Ost)로 쏠리게 된다. 괴테는 극동에 위치한 중국에 대해서 거대하면서도 조용한 나라로서 유난히 호기심을 가졌으며,[45] 수천 년의 역사를 지탱해 온 윤리적 중용사상에 매료되면서 중국에 관한 단순한 관심의 차원에서 벗어나 본격적으로 중국사상과 문학을 접하게 된다. 그는 이와 같은 중국체험을 바탕으로 하여 그의 만년시「중국독일의 사계절과 사시각」을 창작하기에 이른다. 다시 말하면 괴테는 1813년 나폴레옹의 등장으로 인하여 유럽의 시대위기를 절감하고서 그와 같은 혼란된 시대를 극복하고자 근동과 극동을 포괄하는 동양을 수용하게 된다.

　　다른 한편, 괴테는 폭 넓은 독서체험을 통해서 동양문학을 체험한 후, 지금까지 고수해 왔던 전형미, 조화미, 규범의 경직된 고전주의의 미학으로부터 탈피하고 싶은 욕구에도 사로잡히게 된다. 그는 그와 같은 고전주의의 미학을 극복할 수 있는 방법을 정신세계를 위주로 표현하고 있는 동양문학에서 찾게 된다. 이와 같은 정신세계를 추구하는 동양문학은 괴테로 하여금 그의 지적 지평을 넓혀주게 된다.[46] 동양세계는 그의 만년의 세계관과 그의 문학정신에 결정적인 영향을 끼치게 되는데,[47] 괴테는 결국 고전주의가 지니고 있는 경직된 미학

(괴테가 동양 에 대해서 몰두한다는 것은 자기 자신을 이렇게 희생하여 반화되고 순수해지며, 젊어지려는 성(聖)스러운 동경으로 이해될 수 있으며 동양에서 유럽인으로 재생되어 탄생되는 것이다.)

45) Vgl. Adolf Reichwein, *China and Europe*, a.a.O., S.139.

46) Vgl. Goethe und die chinesische Kultur von Richard Wilhelm. In: Jahresbuch des freien deutschen Hochstifts, Frankfurt am Main 1927. [Allein es läßt sich bei Goethe mit zunehmendem Alter eine Erweiterung der geistigen Horizont.](괴테에 있어서 만년에 갈수록 정신적 지평선이 확대되어가고 있음을 보게 된다.)

47) Vgl. Ebenda, [Immer mehr tritt die Menschheit als Ganzes in seinen Gesichtskreis ein, und immer mehr beginnt dabei der Orient, der bisher nur in seiner jüdisch-christlichen Ausprägung Einfluß auf seine Kunst hatte von Bedeutung für ihn zu werden.]

의 한계를 극복하기 위해서 필연적으로 동양을 수용할 수밖에 없었던 것이다.

1.2. 괴테의 중국 수용의 과정

괴테가 어떠한 과정을 거쳐서 중국문학과 사상을 수용하였는지를 살펴보기로 한다. 괴테는 어린 시절부터 북경융단(北京絨緞)과 같은 로코코(Rokoko)풍의 공예품을 통해서 중국적 모티브와 분위기를 접하게 된다. 처음에는 그와 같은 중국풍의 로코코양식에 대해서 혐오감을 느낄 정도였지만, 만년에 들면서 중국고전에 대한 다양한 독서체험을 통해서 중국문화뿐만 아니라, 중국문학의 본질을 파악하게 된다. 괴테는 주로 불역, 영역, 라틴어역으로 된 중국고전을 읽었으며, 이와 같은 독서 체험은 만년의 작품을 창작하기 위한 예비단계라고 할 수 있다. 그가 수용한 중국고전은 중국제국전집(中國帝國全集), 호술전(好逑傳), 옥교리(玉嬌梨), 금고기관(今古奇觀), 노생아(老生兒), 화전(花箋)[48] 등이다. 이 고전들 가운데서 특히 화전은 그의 작품「중국독일

(점점 더 인류가 그의 시야에 총체적으로 들어오기 시작하며, 지금까지 괴테의 예술세계에 끼쳤던 유대교적-기독교적 특징이라는 영향하에서만 의미를 지닐 수 있었던 東洋에 더더욱 관심이 가기 시작한다.) Vgl. Fritz Strich, *Goethe und die Weltliteratur*, a.a.O., S.170. [Gewiß erinnert schon der Titel an den ≪West-östlichen Divan≫ : west-östlich: Chinesisch-deutsch. Aber es sind doch unvergleichbare Dinge. Denn wenn Goethe sich im ≪Divan≫ als ein im Osten reisender Europäer gab, der sich das östliche Kostüm anlegt, so ist dies in den ≪Chinesisch-deutschen Tages- und Jahreszeiten≫mit ganz verschwindenden Ausnahmen nicht mehr der Fall. Es sind Gedichte Goethescher Altersweisheit und Altersprachkunst und zwar von aller höchstem Rang.] [이 제목은 서동시집(西洋詩集)을 연상하게 된다: 중국적-독일적(東洋的-西洋的:中國的-獨逸的). 그러나 그것을 비교할 수 있는 것이 아니다. 그 이유는≪Divan≫에서 東洋의 의상을 입고서 東洋을 여행하는 유럽인으로서 존재하지만 중독시(中·獨詩) 속에서 벌써 없어진 예외로서 그와 같은 경우는 더 이상 아니다. 중독시(中·獨 詩)는 괴테의 만년의 지혜와 만년의 언어예술성(言語藝術性)이 풍기는 가장 수준 높은 詩인 것이다.)

48) Vgl. 拙稿, 「괴테와 헤세 문학에 나타난 중국 수용 비교연구」, 고려대학교 박사학위 논문. 서울 1988 S.5-6

의 사계절과 사시각」을 창작하는 데에 결정적인 영향을 주었다.

　다음으로 괴테가 중국사상을 어떻게 수용하고 있는지를 살펴보자. 괴테는 일찍이 스트라스브르그(Straßburg)시절부터 벌써 포괄적으로 교훈적, 윤리적, 철학적 문제를 다루고 있는 중국고전을 영어, 라틴어, 불어로 독파했다. 이 중국고전은 예수회 신부 노엘(Noël)이 1711년에 번역한 것으로서 중국문학과 사상이 그 주종을 이루고 있으며, 특히 공자의 사상이 그 핵을 이루고 있다.[49] 괴테는 1711년부터 노엘이 프랑스어로 번역한 중국의 공자철학을 접하게 되며, 바이마르(Weimar) 도서관에서 대출[50]해 온 Paw의 이집트철학과 중국철학을 소개하는 서적을 통해서 동양철학의 본질을 이해하게 되었다고 본다.[51] 1813년 라이프치히(Leipzig) 전투가 발발한 이래 괴테는 극동(Fern-Ost)에 위치하고 있는 중국이 더욱 거대한 나라요, 유난히도 호기심이 가는 나라라고 그의 일기 속에서 고백하고 있으며,[52] 수천 년의 중국 역사들의 발전을 가능하게 해 왔고 앞으로도 계속 조용히 흔들리지 않고 역사의 진행을 지속해 나갈 수 있는 정신적인 힘이 바로 강한 윤리성을 기조로 하는 중국의 중용사상에 근거하는 것임을 확신하고 있었다.[53] 괴테는 때로는 졸역된 작품을 접했지만, 천재적 직관력으로 중국정신의 본질을 간파하고 있음을 알 수 있다. 그는 중국문학에 내재되어 있는 윤리성(倫理性)을 강조하는 유교사상(儒敎思想)과 인간과 자연이

---

49) Vgl. Reichwein, *China and Europe*, a.a.O., S.131.

50) 괴테가 대출해 간 사실은 Elise von Keudel에 의해 작성된 도서대출장을 통해서 확인해 볼 수 있음. 대출 일자: 12. Okt. 1813-7. Juli. 1815.

51) Vgl. Cornelle de Paw, *Recherches Philosophiques sur Egyptiens et les Chinois*, Berlin 1773.

52) Vgl. Reichwein, *China and Europe*, a.a.O., S.139.

53) Vgl. Goethe, *Sämtliche Werke*, Stuttgart, Berlin 1902-1972(Cotta.), Jubiläum, Ausgabe xxx, S.146.

조화를 이루는 도가적 세계관(道家的 世界觀)을 인식하였다.

1.3. 괴테의 작품에 수용된 중국적 요소

1.3.1. 중국적 모티브

괴테는 그의 작품에서 여러 가지의 중국적 모티브를 수용하고 있다. 이 중에서 먼저 중국풍에 대한 동경의 모티브를 들 수 있다. 중국풍을 동경하는 괴테의 절실한 마음이 가장 두드러지게 나타나 있는 부분은 그의 연작시 제1시에서 찾아 볼 수 있다.

> 말해주오,
> 마음껏 통치하고 정무에 지친 중국 고관들이 무엇을 할 수 있는가를.
> 북녘에서 벗어나,
> 물가와 초원에서 한 잔씩 한 잔씩 그리고 한 모금씩 한 모금씩 즐거이 마시며 영감으로 시를 읊는 것 이외에 무엇을 할 수 있는가를.

> Sag', was könnt' uns Mandarinen
> Satt zu herrschen, müd zu dienen,
> Sag', was könnt' uns übrigbleiben,
> Als in solchen Frühlingstagen,
> Uns des Nordens zu entschlagen
> und am Wasser und im Grünen
> Fröhlich trinken, geistig schreiben,
> Schal' auf Schale, Zug in Zügen?[54]

정무에 지친 만년의 괴테가 중국 고관(Mandarinen)으로 변장하고서

---

54) Wolfgang von Goethe, *Sämtliche Werke*, Textkritisch durchgesehen mit Anmerkungen versehen von Eich Trunz, Christian Wegner Verlag, Hamburg 1969. Band I . S.387.

새롭고 이국적 세계인 중국풍의 정원을 도피의 공간으로서 동경하는 심경을 표현하고 있다. 이와 같은 표현의 배경은 바이마르(Weimar) 근처에 있는 일름(Ilm)정원에서 괴테가 직접 체험한 자연이라고 할 수 있는데 이 일름(Ilm)정원은 중국풍의 자연을 연상시키기에 충분하기에 정무에 지친 괴테에게 심신을 달래고 삶의 새로운 활력을 주는 공간이 되었다.

제6詩에도 중국풍에 대한 동경의 모티브가 나타난다.

> 난 그 잎사귀를 통해 아름다운 것을 훔쳐보기 위해
> 사랑의 눈길을 보내곤 했다네.
> 하지만 나에게 채색된 지붕과 창살과 기둥이
> 가로막혀 있나니, 내 눈길이 찾아 헤매다 트일 곳이
> 바로 영원한 동양(東洋)의 세계이리라.

> Durch das ich sonst zu schönstem Raub
> Den Liebesblick gerichtet;
> Verdeckt ist mir das bunte Dach,
> Die Gitter und die Pfosten
> Wohin mein Auge spähend brach,
> Dort ewig bleibt mein Osten.[55]

위의 詩에서, "다채로운 지붕(buntes Dach)", "격자(Gitter)", 그리고 "기둥(Pfosten)"과 같은 중국의 건축양식의 화려한 면을 구성하는 요소를 통해 묘사되어 있는 "영원한 동양"은 다름 아닌 색다른 이국적 중국풍의 세계를 암시하고 있는 것으로 이해할 수 있다. 그리고 이웃집 정원에 있는 사랑하는 임을 넘겨보는 모티브는 중국 고대소설에서도

---

55) 이하에 나오는 괴테의 본 시작품을 Text로 표기하기로 함. Text. S.388.

자주 나오는 것으로서, 여기에서는 영원한 동양을 동경하는 괴테 자신의 태도를 비유하고 있는 것이다.

괴테가 그의 작품에 수용한 또 다른 중국적 모티브는 주취적 모티브이다. 세상의 번뇌와 고뇌에서 벗어나 술을 마시면서 자연과 하나가 되는 주취적 모티브를 중국 시 속에서 빈번하게 찾아 볼 수 있는데, 괴테는 이와 같은 주취적 모티브를 제1시에 표현하고 있다.

> (…)
> 물가와 초원에서 흥겹게 마시며,
> 한 잔씩 한 잔씩 한 모금씩 한 모금씩 영감으로
> 시를 옮기는 것 이외에 할 일이란?
>
> (…)
> Und am Wasser und im Grünen
> Fröhlich trinken, geistig schreiben,
> Schal' auf Schale, Zug in Zügen?[56]

위 시에서 보듯이 따스한 봄날의 북방에 있는 물가의 초원에 앉아 술을 마시면서 영감으로 글을 쓰는 모티브는 이태백의 「월하독작(月下獨酌)」에서도 찾을 수 있다.

> 석 잔이면 대도에 통하고(삼불통대도, 三杯通大道)
> 한 말이면 자연에 합친다(일두합자연, 一斗合自然)[57]

술에 도취함으로써 자연과 합일하는 이 같은 도가적 사고는 자연 속에서 술을 마시면서 초원에 묻혀 시를 쓰는 것을 주제로 하는 괴테

---

56) Text. S.387.
57) 장기근 편저, 『李太白』, 太宗出版社, 서울 1985. S.159.

의 제1시의 세계와 본질적으로 상통한다고 할 수 있다. 이와 같은 주취적 모티브는 다음과 같은 제13시에도 등장한다.

> 그대들은 조용한 기쁨을 방해하려는 것입니까?
> 날 술자리에 머물도록 해주오.
>
> Die stille Freude wollt ihr stören?
> laß mich bei meinem Bechwein![58]

이 시 속에 나오는 "조용한 기쁨(Die stille Freude)"은 지고의 시인이 술에 도취하여 자연과 하나가 된 직관적 고독 속에서 우러나오는 희열이라고 말할 수 있다.

끝으로, 사랑의 모티브 역시 괴테의 작품에 수용된 중국적 모티브이다. 괴테는 이 모티브를 제5, 6, 7시에서 다루고 있는데, 이러한 중국적 사랑의 모티브는 중국의 연애소설 「화전(花箋)」에서 암시를 받았다고 볼 수 있다. 먼저 제5시의 내용을 보면 다음과 같다.

> 석양은 푸른 하늘 아래
> 초원과 정원에서 꽃이 피는 곳을 찾다가,
> 사랑의 한 쌍을 발견하게 되면
> 가장 찬란한 광경을 보는 것으로 생각하리.
>
> Sie forscht, wo es im Grünen blübt,
> In Garten, überwölbt vom Blauen;
> Ein Liebespaar, wo sie's ersieht,
> Glaubt sie das Herrlichste zu schauen.[59]

---

58) Text. S.390.
59) Text. S.388.

정원에서 사랑하는 한 쌍을 발견하는 것이 가장 아름다운 광경이라고 시적으로 표현하고 있는 대목은 톰스(Thoms)가 번역한 「중국적 구혼(시) Chinese Courtship in verse」에 등장하고 있는 두 연인인 리앙(Liang)과 자오지엔(Jaosien)이 정원에서 만나는 장면을 연상하게 하고 있다.[60] 앞에서 이미 언급한 제6시에 나타난 사랑의 모티브도 중국적인 것이다.

> (…)
> 난 그 잎사귀를 통해 가장 아름다운 것을 훔쳐보기 위해
> 사랑의 눈길을 보내곤 했다네.

> Druch das ich sont zu schönstem Raub
> Den Liebesblick gerichtet,[61]

톰스(Thoms)의 상기한 번역 작품에서도 리앙(Liang)이 자오지엔(Jaosien)을 보기 위해서 찾는 정원은 리앙(Liang)의 집에서 동쪽에 놓여 있는데, 중국의 소설에는 일반적으로 정원에서 사랑하는 애인을 향해서 사랑의 눈빛을 보내는 장면을 흔히 볼 수 있다.[62]

중국적 정원은 제7시에서도 사랑의 공간으로 압축적으로 표현되어 있다.

> (…)
> 그녀가 호의를 보이려고 다가온
> 그곳은 정원이었네;

---

60) Vgl. Ursula Aurich, *China im Spiegel der deutschen Literatur der 18. Jahrhunderts*, Berlin 1953. S.154.

61) Text. S.388.

62) Vgl.Ursula Aurich, *China im Spiegel der deutschen Literatur der 18. Jahrhunderts*, a.a.O., S.200. Vgl. 拙稿. a.a.O., S.29.

(⋯)

Im Garten war's, sie kam heran,
Mir ihre Günst zu zeigen;[63]

사랑하는 임에게 정원에서 사랑의 호의적 표정을 보이는 장면은
톰스(Thoms)의 번역 작품에서도 찾아 볼 수 있는데, 이 번역서에서는
리앙(Liang)이 오랫동안 연인을 보지 못하였기에 이웃 정원에 있는 애
인을 사모하는 정을 생각하는 대목이 나온다. 그런데 이 대목에서 자
오지엔(Jaosien)이 처음으로 그에게 호의를 보여 주었던 곳이 정원이
며, 그 역시 이제 그 곳을 생각하면서 그녀와 같이 있다는 행복감에
사로잡히고 있는데, 이러한 내용[64]은 곧 괴테의 위의 시와 상통하는
바가 있다고 본다.

이렇게 볼 때 괴테는 중국적 사랑의 분위기를 표현하기 위하여 중
국의 애정소설 '화전(花箋, Thoms 英譯)'에 자주 나오는, 즉 정원에서
사랑하는 임한테 사랑의 눈길을 보내는 모티브를 수용하고 있음을
파악할 수 있다.

1.3.2. 중국적 주제
괴테의 제11시에는 다음과 같은 구절이 있다.

불변의 것이 있어 영원한 법칙이 되니
그 법칙에 따라 장미와 백합이 피어나는 것이라오.

Es ist das ewige Gesetz,

---

63) Text, S.388.
64) Vgl. Ebenda, S.154.

Wonach die Ros' und Lilie blüht[65]

    괴테는 일찍이 쩰터(Zelter)에게 보내는 서간문에서 "늙어가면서 항상 장미와 백합이 피어나는 법칙을 믿게 된다"[66]라고 고백하고 있다. 제11시에 표현된 장미와 백합이 피고 지는 자연의 순환의 진리는 노자가 말하고 있는 '반복하는 것은 도(道)의 운동(運動)'[67]이라고 말한 것과 상통한다. 그러므로 괴테의 영원한 법칙은 곧 노자가 말하는 '불변하는 것'이자 존재의 근원인 도(道)와 그 내용을 같이 하고 있는 것으로 이해된다.

    한편, 괴테는 다음과 같은 제14시 구절에서 보듯이 공자의 실천사상을 경구적으로 표현하고 있다.

> 미래를 달래려는 먼 곳으로의 동경,
> 그대여, 오늘 여기에서 활동적인 일에 정진하시오.
>
> Sehnsucht ins Ferne, Künftige zu beschwichtigen,
> Beschäftige dich hier heut in Tüchtigen.[68]

    위의 시 구절에서 등장하고 있는 먼 세계와 무한세계에 대한 동경으로부터 체념하고 유한하고 실용적인 현실세계에로의 귀환을 추구하는 표현은 괴테의 만년의 실용성과 현실세계에 유용성을 강조하는 실천윤리사상을 나타내 주고 있다. 크리스티안네 바그너 디트마르

---

65) Text. S.390.

66) W. A. Abt. Ⅳ Bd. 46. S.350. [Je älter ich werde, je mehr vertraue ich auf das Gesetz, wonach die Rose und Lilie blüht]

67) 老子. 反者道之動. 四十九章.

68) Text. S.390.

(Christiane Wagner-Dittmar)는 괴테의 이와 같은 실천행동과 유교사상의 실천철학이 근본적으로 놀라울 정도로 일치하고 있음을 지적하고 있다.[69]

1.4. 괴테의 중국 수용의 세계 문학적 의미

1.4.1. 괴테의 세계 문학이념

괴테의 세계 문학(Weltliteratur)에 대한 관심은 나폴레옹(Napoleon)의 출현으로 인하여 유럽의 시대위기를 의식하는 가운데 그의 자연과학에 대한 연구를 통해서 더욱 깊어졌다고 볼 수 있다. 그가 처음에는 이 같은 극심하게 악화되고 있는 유럽의 공간으로부터 벗어나서 정신적 안식처 내지 도피처로서 보았던 동양은 점차적으로 서양과의 상호보완관계 속에서 정신적 보편성을 발견할 수 있는 세계로 여겨지게 되는데, 이는 괴테의 동양에 대한 교양체험을 통해서이다. 구체적으로 말하면, 괴테가 식물의 원형현상에 대한 연구를 하는 가운데 암시를 받아서 식물 속에서 원형(Urbild)이 존재하듯이 인간세계 속에서도 동양과 서양이 공히 인식할 수 있는 근원현상이 존재한다고 보고서 인간은 장소와 시간에 따라서 오직 단 하나의 인간이라는 근원현상에서 나온 변용(Metamorphose)에 지나지 않는다는 것과 제 민족은 오직 하나의 인류라는 근본형태에서 나온 변형에 지나지 않는다는

---

69) Vgl. Christine Wagner-Dittmar, *Goethe und die chinesische Literatur*, S.218. In: Studien zu Goethes Alterswerk, hrsg. von Erich Trunz, Frankfurt, 1971.
Vgl. Chen, Chuan a.a.O., S.10. [Das Idealleben ist nach Konfuzius ein Leben in Ruhe und Zufriedenheit. Man soll nicht viel nachdenken, sondern soll handeln: nur durch das Handeln kann Man sein Lebensziel erreichen: moralische Vollkommenheit. Es gibt keinen Raum für Sehnsucht, Leidenschaft und Traumerei: Man darf an ein Jenseits glauben, aber seine Pflichten finde man ins praktischen Leben.]

것을 지적하고 있다.[70)]

괴테는 위기에 처해 있는 시대상황 속에서 유럽 내에서뿐만 아니라, 아세아를 포함하여 상호 간에 정신적 유대를 강화하면서 서로 민족 간에 증오하지 않고, 상호 문학을 통해서 타민족을 이해하고 관용하는 법을 배워야 한다고 생각하고 있는 바, 이것이 바로 그의 세계 문학의 이념이다. 그의 세계 문학의 이념에 따르면 동양과 서양이 창작해 낸 문학이라는 것은 영원히 인간적인 세계를 지향하고 있으며, 근원적 인간성을 추구한다는 점에서 동일한 것이다. 또한, 그는 세계 문학(世界文學)은 국민문학과 국민문학 사이를 매개하며 정신적 재화(財貨)를 교환하는 문학이라고 생각하고 있으며, 세계 문학을 통해서 각 민족은 서로 알게 되며, 이해하고 비판하고 존경하기까지 이른다고 했다. 이와 같은 세계 문학은 "민족과 민족을 결합하며, 시인의 목소리를 통해서 민족 상호 간에 대화할 수 있는 정신적 공간"[71)]인 것이다.

괴테에 의하면 세계 문학은 어디까지나 주체적인 것이며, 국민성을 무시한 특성 없는 세계동포주의적 문학이 아니라, 시인과 문필가들이 자기들의 예술과 언어에 대해서 다른 민족에게 자기의 세계를 듣도록 이해시키는 데에 그 목적이 있는 것이다.[72)] 괴테는 세계 문학이 지금까지 고찰되어 온 민족의 고유성을 시적으로 표현할 뿐만 아니라, 동양과 서양 사이의 공통적인 문학정신과 인간정신의 시원적 현상을 승화시킴으로써 여러 민족 사이에 정신적 유대를 강화한다고

---

70) Vgl. Fritz Strich, *Goethe und die Weltliteratur*,a.a.O., S.25.

71) Ders., *Goethe und die Weltliteratur* a.a.O., S.170.

72) Vgl. Ebenda, S.170.

언급하고 있다. 이렇게 볼 때, 괴테는 동양과 서양의 문학작품을 통해서 문학이 지니고 있는 보편성과 고유성을 인식하였던 것이며, 이와 같은 세계 문학의 이념을 구현하려는 의도에서 그는 만년의 작품 「서동시집(West-östlicher Divan)」과 「중국과 독일의 사계절과 사시각(Chinesisch-deutsche Jahres-u. Tageszeiten)」을 창작하였다고 볼 수 있다.

1.4.2. 번역과 창작의 세계 문학적 의미

괴테는 사랑을 소재로 하는 한시(漢詩) 네 편을 톰스(Thoms)의 영역된 작품, 즉 「매기(梅妓, Mei-Fe)」라는 한시에서 도움을 받아서 의역하였다. 괴테는 자신의 번역시가 한 불행한 여자의 슬픔과 고통을 일반적으로 표현하고 있으며, 중국적 개별성을 무시하고서 그 대신 불행한 여자의 내면의 심적 상황을 표현하려 했다고 밝히고 있다.[73] 그러니까 이는 괴테가 번역 작품을 통해 낯선 문화를 접촉함으로써 국가 간의 이해를 증진하여 서로 다른 민족에 대해 존중하고 관용하는 자세를 터득할 수 있다는 의도로 풀이할 수 있다. 이렇게 볼 때 괴테의 중국한시 번역작업은 그의 세계 문학적 이념에 입각하여서 이루어진 것으로 이해할 수 있다. 다른 한편으로, 괴테는 1827년 1월 31일 에커만(Eckermann)과의 대화에서 세계 문학의 시대가 도래하고 있으며, 또한 작가는 세계 문학이 조속히 실현될 수 있도록 노력해야 한다고 언급했다. 그런데 이러한 언급이 있은 시기[74]와 중국문학에 대해 그가 관심을 가졌던 시기와 일치하고 있음은 우연이 아니다. 일찍이 에리히-음-옌-충(Erich-yin-yen-chung)은 괴테가 중국과의 교류를 통해서 세

---

73) Vgl. Erich Yin-Yen Chung, *Chinesisches Gedankengut in Goethes Werk*, Diss., Mainz 1977. S.189.
74) Vgl. Gespräche II, Bd.III, S.337/338, 31.Januar 1827.

계 문학에 더욱 마음을 굳히게 되었다고[75) 지적한 바가 있으며, 카타
리나 몸센(Katharina Mommsen)도 「괴테와 중국과의 상호관련성」이라
는 글에서 괴테가 중국문학에 대해서 관심을 깊게 가짐으로써 세계
문학에 대한 생각을 더하게 됐으며, 중국문학의 체험은 괴테에게는
새로운 의미를 지닌다고 지적하고 있다.[76) 이 같은 사실을 놓고 볼
때 괴테는 중국문학의 일반적 보편성과 특수성을 통찰하고서 그와
같은 문학의 보편성과 특수성을 세계 문학적 작품을 창작하기 위한
원리로서 도입하고 있다고 할 수 있다. 그의 만년시 「중국독일의 사
계절과 사시각」에서 중국의 애정소설 「화전(花箋, Chinese Courtship in
verse: Thoms 英譯)」 속에 등장하는 사랑의 모티브를 도입하고 있다든
가, 중국풍의 자연세계를 향한 동경의 모티브를 제1시, 제6시에, 중국
적 주취적 모티브를 제1시, 제13시에 수용하고 있음은 그러한 점을
말해주는 좋은 예이다. 괴테는 심각한 시대위기 속에서 그의 세계 문
학 이념에 입각해서 세계 문학적 작품을 창작해야 할 강한 필요성을
인식하고 있었으며, 국가 간에 전쟁을 치르면서 고통을 겪는 대신에
세계 문학을 통해서 인류가 타민족의 문화를 이해하면서 관용의 정
신을 배울 수 있으며 세계평화 속에 영원히 존재할 수 있는 길을 상
기한 만년시를 통해서 암시해 주고 있는 것이다.

---

75) Vgl. Erich Yin-Yen Chung, *Chinesisches Gedankengut in Goethes Werk*, a.a.O., S.246.

76) Vgl. Katharina Mommsen, *Goethe und China in ihren Wechselbeziehung*, in *Goethe und China, China und Goethe*, Herausgegeben von Günther Debon und Adrian Hsia, Peter Lang, Bern 1985, S.33f.

제5장

되블린의 동양 수용과 그 문학적 의미

제5장 되블린의 동양 수용과 그 문학적 의미

1. 되블린의 중국 수용의 과정

되블린은 중국문학을 어떠한 경로로 접하게 되는지를 그의 작품창작과 관련된 부분만을 연관 지어서 간단히 살펴보기로 한다. 되블린은 중국에 대한 전반적인 정보를 베를린대학 중국학 교수 구루베(W. Grube)와 리하르트 빌헬름(R. Wilhelm)을 통해서 입수했다. 되블린은 두보, 도연명 그리고 이태백의 시를 인용할 정도로 중국의 문학을 이해하고 있었으며, 클라분트(Klabund), 포르케(A. Forke), 브레히트(Brecht) 그리고 에렌스타인(Ehrenstein)보다 앞서 하이탕(Hai-Tang)이라는 인물이 등장하는 「백묵원(Der Kreidekreis)」의 텍스트를 알고 있었다.[77]

또한, 그는 중국의 역사소설(歷史小說)로서 알려진 『삼국지연의(三國志演義, San-Kuo-Chi -Yeni: Die Geschichte der drei Reiche)』[78]를 퀴넬

---

77) Vgl. Fang-hsing Dscheng, *Alfred Döblins Roman, Die drei Sprünge des Wang-Lun als Spiegel des Interesses moderner deutscher Autoren an China*, Frankfurt a. M 1979, S.198.

(Kühnel)이 쓴 「중국노벨레(Chinesische Novellen)」(1902)를 통해서 간접적으로 익히 알고 있었다. 되블린은 중국에 대한 지도와 신문메모를 복사하여 자료 수집을 했으며, 마르틴 부버(M. Buber)를 통해서 소개받았던 중국인에게서 몸소 붓글씨 쓰는 법을 배웠다. 특히 중국문학의 형식과 내용에 대해서는 대부분 마르틴 부버를 통해서 지식을 제공받았다. 부족한 부분은 베를린(Berlin)의 민속 박물관을 이용하여 보충했다.

중국문학에 대한 입문서로서 되블린은 구르베(G. W. Grube)가 번역한 『중국문학사(Geschichte der chinesischen Literatur, Leipzig)』(1902)를 접하였으나, 이 책은 엄밀한 의미에서 중국문학사가 아니라 유럽에 이미 알려진 작품의 선집, 문학 장르를 파노라마 형식으로 서술한 서적이다.[79]

다음으로 되블린이 어떻게 중국사상을 접하게 되는지를 도가사상, 불교사상 그리고 공자사상과 관련하여 고찰하기로 한다. 그는 리하르트 빌헬름(R.Wilhelm)이 번역한 『도덕경(Tao-Te-King)』[80]과 『열자(列子)』[81]를 통해서 도가사상(道家思想)을 접하게 되며, 특히 노자의 도(道)와 무위(無爲)개념을 작품 속에 소화하여 수용할 정도로 거의 완벽하게 이해하고 있었다. 되블린에게는 이와 같은 도가사상이 창작의 소재뿐만 아니라 그의 문학작품의 정신적 토대가 되었다고 본다. 왜냐하면, 그는 그의 작품 『왕룬의 세 도약』의 헌사에서 열자(列子)에게 바치는 글을 쓰고 있기 때문이다.

리하르트 빌헬름 못지않게 되블린이 중국사상을 수용함에 있어 길

---

78) W. Grube, *Geschichte der chinesischen Literatur*, Leipzig 1902, S.406ff.

79) Vgl. Fang-hsing Dsheng, a.a.O., S.198.

80) Lao *Tse, Tao Te King*, Übersetzt und erläutert von Richard Wilhelm, Eugen Diederichs Verlag, Düsseldorf/Köln 1952.

81) *Liä Dsi, Das wahre Buch vom quellenden Urgrund*, Übertragen und erläutert von Richard Wilhelm, Eugen Diederichs Verlag Düsseldorf/Köln 1972.

잡이 역할을 담당하였던 자로 마르틴 부버(Martin Buber)를 들지 않을 수 없다. 마르틴 부버(Martin Buber)는 유대교(Judentum)에 대해서만이 아니라 중국철학에 대해서도 해박한 지식을 가지고 있었으며, 정신적인 관점에서 중국에 대해서 심혈을 기울여서 연구하였던 지식인이었다.

도(道)를 진실한 삶 속에 필수적으로 실현되어야 하는 것으로 이해하고[82] 있는 부버(Buber)는 서구사회가 안고 있는 문제를 동양정신에서 찾았는데, 부버와 마찬가지로 서구사회에 대해서 문제의식을 가지고 있었던 되블린은 이 문제를 해결함에 있어 부버로부터 많은 도움을 받았다. 되블린의 에세이 「도(道)의 사상」[83](1909)은 이와 같은 정신적인 교류의 결과라 할 수 있다. 이러한 점에서 부버의 정신적 도움 없이는 되블린의 소설 『왕룬의 세 도약』이 탄생할 수 없을 정도로 되블린은 부버로부터 직·간접적으로 많은 영향을 받았던 것이다.

한편, 되블린은 데 그루트의 청수교(Sect of the pure water)를 통해서도 도교에 대한 지식과 사상을 알게 되었으며,[84] 청수(Reines Wasser)를 도덕경에 나오는 물의 알레고리로서, 노자의 무위(無爲)와 '부드러움'의 상징으로 이해하고 있었다. 되블린은 종파이름인 청수의 의미를 확대해석하고 있다. 도가적 '부드러움'의 의미를 넘어서 인간적 실존을 선불교적 의미에서 해석했으며, 우주의 영원한 전일(全一) 속에서 '한 식물의 잠깐 꽃 피기만 하는 잎사귀'[85]로 이해했다. 이와 같은 해석은 무위(無爲)교리의 핵심사상을 깊게 터득하고 있음을 말해 주

---

82) Vgl. Martin Büber, *Schriften zur Philosophie*, S.1024.

83) Vgl. Ebenda. a.a.O., S.1127.

84) Vgl. Fang-hsing Dsheng. a.a.O., S.183.

85) Vgl. Ebenda, S.183.

는 것이라고 볼 수 있다. 이것은 되블린이 물의 '부드러움'에 대한 도가적 알레고리에 얼마나 많이 고무 받고 있는지를 증명해 주는 것이다. 또한 그는 인간은 물처럼 부드러움에 적응하여 도에 이르러야 하며, 자연과 하나가 되는 가운데 주어진 운명을 조용히 받아들임으로써 열자(列子)가 말하는 삶의 지혜에 이를 수 있다는 인생관을 인식하고 있다고 할 수 있다.[86]

다음으로 되블린의 불교사상 수용과정의 요점만을 살펴보자. 되블린은 뵈르쉬만(E. Boerschmann)의 고고학적 원전『P'o-to'-shan』을 통해서 부처상, 관음보살, 대장경, 관음사, 석가모니의 모습, 탑 건축물, 연못, 거북이, 연판이 있는 탑의 내부 등을 파악할 수 있었으며,[87] 이를 통해 되블린은 중국소설을 씀에 있어 이렇게 파악된 불교적 요소들을 상상력을 통해서 재구성하여 그의 전형적인 중국소설『왕룬의 세 도약』에서 형상화시켰다.

그밖에 되블린이 불교적 요소를 접근하는 데 도움이 되었던 서적으로는 쾨펜(C. F. Köppen)의『라마교의 수도단(Die lamaische Hierarchie, Berlin)』(1895)과 사무엘 투르너(Samuel Turner)의『타슈라마궁여행(Reise an den Hof des Teshoo-Lama)』(1801)이 있다.[88]

되블린은 이미 쇼펜하우어(Schopenhauer)가 알고 있었던 라마교(Lamaismus)에 대한 지식을 이해하고 있었고, 타슈라마승(Ta shi-lame)에게 보내는 건륭황제의 초대장을 파악하고 있을 정도였다.[89] 마지

---

86) Vgl. R. Wilhelm, Liä Dsi, Das Wahre Buch vom quellenden Urgrund, Jena 1912, Düsseldorf 1974, S.96.
87) Vgl. Boerschmann, E, P'o-T'o-Shan. Die heilige Insel der Kuan-Yin, der Göttin der Barmherzigkeit, Berlin 1911. S.120ff.
88) Vgl. Fang-hsing Dsheng. a.a.O., S.198.
89) Vgl. Schopenhauer, Sinologie. In: "Über den Willen in der Natur", ebd, Bd. 3, S.459~471.

막으로 되블린의 공자사상 수용을 간단히 살펴보면 다음과 같다. 1933년 히틀러(Hitler)가 지배하고 있었을 때 유태인인 되블린은 망명의 길에 오르게 되자 중국에 관한 관심이 더욱 강해졌다. 특히 그는 중국의 조화사상을 연구하였으며, 몸소 『공자의 인생철학(The living thought of confucius)』(London/Toronto, 1940)[90]이라는 제목으로 책을 낼 정도로 공자사상을 깊게 이해하고 있었다. 되블린은 무엇보다도 공자사상이 지니고 있는 강한 윤리성을 높이 평가하였다. "완전한 것은 하늘의 법이요, 완성하는 것은 인간의 법"[91]이라 언급했던 되블린은 윤리적 세계조화 속에서 머리 위에 빛나는 하늘의 법칙(天倫)과 마음속의 윤리인 인륜(人倫)과의 조화를 파악하고 있었다. 다시 말하면 되블린은 천륜(天倫)의 법에 따라서 살아가는 중국인의 조화적 세계관을 수용하고 있음을 알 수 있다.

2. 되블린의 작품에 수용된 중국적 요소

20세기에 이르면 유럽은 세계대전으로 실존적인 위기의식을 절감하게 되며, 슈펭글러(Spengler)도 지적한 바 있는 서양의 몰락(Untergang des Abendlandes)을 예감하게 된다. 이러한 상황에서, 특히 세기전환기의 작가들에게 있어서 동양은 새로운 출발의 의미로서 뿐만 아니라 몰락해 가는 서양을 구원할 수 있는 세계로서 부각된다. 특히 되블린은 표현주의적 차원에서 동양의 문학과 사상을 수용하여 이를 진지

---

90) Vgl. Fang-hsing Dscheng. a.a.O., S.140.

91) Döblin, The living thought of confucius, Longmanns Green and Co., Newyork, Boston, Toronto, London 1940, S.16: [The perfect is the law of heaven and perfection is the law of hunanity.]

하게 소설화하고 있다. 그의 초기 소설 『왕룬의 세 도약(Die drei Sprünge des Wang-Lunv)』은 바로 그 좋은 예가 된다.

2.1. 중국적 모티브

되블린은 중국소설에 특징적으로 나타나는 우화적 형식으로 『왕룬의 세 도약』의 줄거리를 만들었는데, 이때 그가 결정적으로 도움을 받았던 소설은 『삼국지연의(Geschichte der drei Reiche)』와 『황건적의 난(Gelbmüzten Hung Chin Chih Zuan)』이다. 되블린이 이 작품 속에서 묘사하고 있는 국민들이 혁명으로 웅성거리는 장면은 『삼국지연의』에 나오는 참혹한 전쟁장면을 연상시키며, 궁정에서 격렬히 싸우는 장면은 구루베(Grube)의 번역본 『황건적의 난(Gelbmützen Hung Chin Chih Zuan)』에서 암시를 받았음을 알 수 있다.[92] 되블린이 그의 소설에서 중국에서 전쟁의 장면을 북치는 소리로 시작한다든가 폭동을 일으키는 장면을 묘사함에 있어서 중국소설에서처럼 중국 소설의 서술방식을 원용했음을 스스로가 밝히고 있음은 곧 그가 중국문학을 수용했음을 뒷받침하는 것이 된다.

> 그래서 나는 중국소설에서 그와 같은 북치는 소리와 암암리에 진행되는 혁명의 저 둔감한 북의 빠른 연타로 시작하였다.
>
> So habe ich in einem chinesischen Roman mit solchem Paukenschlag begonnen und mit solchen dumpfen Trommelwirbel der unterirdischen Revolution.[93]

---

92) Vgl. Grube, *Chinesische Literaturgeschichte*, a.a.O., S.126.
93) Döblin, *Der Bau des epischen Werks*, ebd. Aufsätze zur Literatur, S.12.

한편으로 되블린의 작품 속에 수용되어 있는 중국적 모티브로서 장자의 우화를 들 수 있다. 작품『왕룬의 세 도약』에는 한 남자가 그 자신의 그림자가 두려워서 벗어나고자 하는 얘기[94]가 등장하는데, 이 것은 구루베(W. Grube)의 번역서『중국문학사(Geschichte der chinesischen Literatur)』에서 수용한 것이며, 또한 장자의 도가적 비유에 기인하고 있다.[95] 되블린은 장자에 관한 서적으로 마르틴 부버(M. Buber)의 번역 서『중국의 유령 및 사랑이야기(Chinesische Geister-und Liebesgeschichten)』 (1911)와 빌헬름(Wilhelm)의 번역 작품을 접했는데, 부버(Buber)의 장자 번역을 비교적 학문적이며 정확한 것으로 판단하여 이를 빌헬름 (Wilhelm)의 번역서보다는 선호했다.

2.2. 중국적 주제

되블린(Döblin)의 경우 중국적 주제는 중국적 인간상에서 찾아볼 수 있는데, 이것은 그의 작품『왕룬의 세 도약』에서 세 등장인물, 즉 왕룬 (Wang-Lun), 마노(Ma-noh), 건룽(Kien-Lung)을 통해서 구체화되고 있다. 이 경우 왕룬(Wang-Lun)은 도가적 불교적 인간상, 마노(Ma-noh)의 경우 에는 불교적 인간상 그리고 건룽(Kien-Lung)의 경우에는 유교적 인간상 으로 나타나고 있다.

먼저 이와 같은 도가적, 불교적 인간상이 왕룬을 통해서 어떻게 나 타나고 있는지 고찰해보자.

등장인물 왕룬이 지니고 있는 도가적, 불교적 의미는 그의 세 번의

---

94) Vgl. *Alfred Döblin, Die drei Sprünge des Wang-Lun, Water* Verlag, Olten 1960 S.80.
95) Vgl. W. Grube, *Geschichte der chinesischen Literatur,* a.a.O., 1902, S.161.

도약에서 찾을 수 있다. 첫 번째의 도약에서 왕룬은 도가적 세계관에 맞추어 인생을 살아가려고 하던 과정에서 사회의 극악한 부조리에 분개하며, 또한 이로 인해 그의 생활은 변화를 맞게 된다. 그가 존경하던 백부 서코(Su-koh)가 경찰에 의해서 무참하게 죽임을 당하는 것을 보고서, 백부를 살해한 경찰을 죽이고서 난쿠(Nan-Ku)산맥 속에 종적을 감춘다. 그럼에도 불구하고 마음의 평정을 찾지 못하고 세상의 부당함과 무수한 인간의 의미 없는 고뇌를 체험한다. 그는 의미 없는 행동과 고통의 영원한 인과율의 법칙, 몽매한 삶과 죽음의 반복되는 인생의 염세성을 인식하게 된다. 이와 같은 인생의 염세주의에 빠져 있는 왕룬은 그러나 노자의 도덕경 29장에 나오는 다음과 같은 무위(無爲)의 지혜 속에서 위안을 찾게 된다.

> 행위를 통해 세계를 정복하려는 자는 망한다. 세계는 정신적인 것이며, 그 세계를 건드려서는 아니 된다. 행동하는 자는 그 세계를 상실하게 되고, 잡고자 하는 자는 상실하는 법이다.
>
> Die Welt erobern wollen durch Handeln, mißlingt. Die Welt ist von geistiger Art, Man soll nicht an ihr rühren. Wer handelt, verliert sie; wer festhält, verliert sie.(WL-48)[96]

왕룬은 마노(Ma-Noh)와의 만남을 통해서 그의 종교적 세계관의 변화가 일어난다. 왕룬은 불교의 교리에 따라 어떠한 인간도 살인해서는 아니 된다는 것을 알게 된다(WL. 50).[97] 왕룬은 지금까지 신봉해

---

96) Wang-Lun, S.48. Vgl. 남만성 역주, 도덕경, 을유문고 42. 을유문화사, 서울 1974. S.106. 노자의 도덕경의 29장. [將慾取天下而爲之 五具其 不得已 天下神器 不可爲而 爲者取之 執者之之] 이하에 나오는 되블린의 작품 『Die drei Sprünge des Wang-lun』 Wang-Lun으로 표기함.

97) Vgl. Wang-Lun, S.50.(da β man keinen Menschen töten dürfe.).

왔던 무위(無爲)의 교리와는 다른 세계에 접하면서 그의 세계관은 크게 영향을 받게 되며, 그의 영혼이 뒤흔들리게 되는 계기를 맞게 된다. 처음으로 은둔자적인 스승의 집에서 수많은 부처를 보게 되며, 침묵하고 온화하게 앉아 있는 부처의 입가에 잔잔한 미소가 흐르고 있음을 인식하게 된다(WL. 57).[98] 그와 같은 관음여상의 초탈된 모습을 통해서 왕룬은 영혼적으로 불교의 교리에 감동을 받게 된다.

그래서 왕룬은 두 가지 도가적 불교적 요소를 우연히 체험하게 된다. 왕룬은 계속적으로 내면의 해탈의 경지를 체험한 후에 그는 '진실로 약한 종파(Die wahrhaft Schwachen)'를 세우고, 사회에서 소외받고 있는 불량배와 떠돌이 인간들을 규합하여 도가적 무위(道家的 無爲)의 정신을 가르치게 된다. 다음과 같은 왕룬의 말 속에 무위(無爲)의 세계에로의 전환이 암시되고 있다.

> 사람들은 우리에게 좋지 않은 짓을 해왔지. 그것은 운명이야. (…)
> 우리는 존재하는 그대로 존재하고자 한다. 약하고 도움을 필요로
> 하는 가련한 종족의 형제들.

> Man hat nicht gut an uns getan: das ist das Schicksal (…)
> Wir wolle sein, was wir sind. Schwache hilfsbedürftige Brüder
> eines armen Volkes(WL 79~81)[99]

이와 같이 영원한 도에 순응하고 또 순응해야 한다는 고백은 왕룬이 부드러운 무위(無爲)의 세계로 전환하고 있음을 시사하고 있다. 그와 같은 무위(無爲)교리에 대한 지혜를 체험함으로써 왕룬은 살인과 복수

---

98) Vgl. Wang-Lun. S.57.
99) Wang-Lun. S.79~81.

의 뒤얽힘에서 벗어날 수 있으며, 스스로를 새로운 세계를 호흡하고 있는 존재로 인식하게 되며, '진실로 약한 종파'에 대한 형제애를 인식하게 된다.

두 번째의 도약에서 왕룬은 '진실로 약한 자들'과 작별하고 시골어부의 생활로 되돌아가 평범한 결혼생활에 들어가게 된다. 그와 같은 평화스럽고 은둔적인 사생활 속에 히아-호(Hia-ho)에서의 도피생활을 하던 끝에 백년교도가 관군에 의해서 무참하게 몰살된다는 소식에 왕룬은 다시 제3의 도약을 시도한다.

이와 같이 왕룬은 세 번의 도약에서 도가적 무위(道家的 無爲)사상과 불교의 자비와 살생교리의 사상을 깨닫게 되면서 실천하는 도가적 불교적 인간상으로 변모되어 간다.

다음으로, 불교적 인간상은 등장인물 마노(Ma-Noh)를 통해서 드러난다. 왕룬과는 달리 마노(Ma-Noh)는 원래 남부의 아름다운 섬 푸토산(P'u-to'-schan)으로부터 빠져나온 승려로서 무위(無爲)사상을 낯선 세계관으로서 이해하고 있었으며, 왕룬이 없을 경우에는 대중들은 그의 불교사상을 따르면서 왕룬이 설교하였던 것과는 반대로 움직인다.

"그들의 마음은 텅 비어 있었다.
그들에게는 복수심이 일어났다."

"Sie waren leer. (…)
In ihnen tauchte das Rachgefühl auf"[100]

마노(Ma-Noh)는 승려생활의 엄격한 금욕적 삶의 틀에서 벗어난 이와 같은 종교적 축제의 날에 '깨어진 멜론의 섬 (Insel der gebrochenen

---

100) Wang-Lun S.84.

Melone)'에 성스러운 왕국을 세우는데, 그와 그를 추종하는 자들은 자아고립에서 벗어나 황홀한 사랑의 방종 속으로 몰입하기도 하며, 관음여신의 경외심을 느끼기 위해서 서방정토의 길에 들어가게 된다. 그들은 서방정토에 대한 꿈을 가지고 각기 고통스러운 고난을[101] 체험하게 된다. 이로 인해 이들 집단은 약화되는데, 이러한 약화의 과정은 마노가 이끄는 깨어진 멜론집단이 '성스러운 매음(heilige Prostitution)'에 빠짐으로써 더욱 심화된다. 수많은 '진실로 약한 무위단(無爲團)'이 힘없이 관군에 대항하지만 무자비하게 섬멸된다. 마노(Ma-Noh)는 무위단(無爲團)을 구하기 위한 왕룬의 협조요청에 대해서 거절할 정도로 일관성 있게 불교의 살생금지의 진리를 신봉하고 있다. 그러니까 왕룬이 무위(無爲)교리의 동맹을 위해서 희생하며 보호 받아야 할 자들을 사랑하는 도가적 불교적 인간상을 보여 주고 있는 것에 반하여, 마노(Ma-Noh)는 불교의 교리를 철저히 지켜 나아가는 불교적 인간상의 면모를 보여 주고 있는 것이다.

끝으로 유교적 인간상은 등장인물 건룽(Kien-lung)에게서 형상화되어 나타난다. 되블린은 독일의 빌헬름(Wilhelm) 황제시대의 암울한 시대상을 암시하기 위하여 중국의 건룽황제의 시대를 작품 속에 도입하고 있는데, 건룽황제의 막강한 위력 앞에서 고뇌하고 있는 인간들과 이들과 대조적인 존재인 건룽(Kien-lung)황제를 등장시키고 있다.

이 작품에서 건룽(Kien-lung)은 무위(無爲)를 생활의 신조로 삼고서 살아가고 있는 힘없는 집단과 대조적인, 즉 위대한 공자의 옛 유교적 세계를 재건하려는 자로서 묘사되어 있다. 그러나 건룽(Kien-lung)은

---

101) Vgl. Wang-Lun. S.158.

민중들에게 단결성, 인내성, 제반 영향력에 대해서 고무하는 인물이
지만,[102] 부조리한 면과 커다란 약점을 지닌 인물로서 상징되고 있다.
다음과 같은 거북이의 모습을 통해서 황제의 유약한 모습이 상징적
으로 나타나고 있다.

> 그러고 나서 껍질에서 회색의 빛의 단단한 머리가 나왔다. (…) 황
> 제는 의자에 잣나무가지를 들고서 앉아있었다. 그는 거북이를 뒤쫓
> 아 가서 거북이를 흉내 내려고 하였다.

> Und dann kam aus dem Gehäuse das graue hornige Haupt; (…) Der
> Kaiser saß mit seinem Tannenzweig auf dem Schemel. Er suchte der
> Schildkröte nach zu kommen, ihr nach zu ahmen.[103]

독일의 빌헬름(Wilhelm)시대에 유럽인에게 비쳐졌던 황제의 유약
한 이미지가 그대로 이 작품에 반영되고 있음을 알 수 있는데, 정신
적으로 약화된 황제는 '진실로 약한 종파(Die wahrhaft Schwachen)'가
창립되었다는 소식에 눈물을 흘릴 정도이다.[104] 그럼에도 그는 약한
'무위단(無爲團)'을 무너뜨리고, 그의 선조들이 세워 놓았던 왕조의 정
치이념을 충실히 따르고 있는 유교적 인간이다.[105] 건륭황제는 매우
역설적이게도 인간적인 측면을 강조하여 묘사되어 있으며, 인간경험
이 풍부한 황제는 무위(無爲)와 행동 사이에 갈등하는 모습을 보여주
고 있다.[106] 실제의 역사 속에는 유약한 인물이지만, 작품 속에서 되

---

102) Vgl. Wang-Lun S.88f.
103) Wang-Lun S.276.
104) Vgl. Wang-Lun S.280f.
105) Vgl. Wang-Lun S.359f.
106) Vgl. Wang-Lun S.381.

블린(Döblin)은 막강한 국가를 발전시켰던 건륭황제의 이미지를 부분적으로 변형된 모습으로 보여주고 있다. 우리는 여기에서 어떤 면에서는 유약하고 인간적인 면을 지니고 있는 반면, 또 다른 한편으론 유교적 질서를 유지하고 있는 왕권의 계승자로서, 유교적인 이념을 실천하고 있는 화신으로서의 건륭황제(Kien-lung)를 볼 수 있다.

3. 되블린의 중국 수용의 표현주의적 의미

3.1. 표현주의의 일반적 특성

유럽의 어려운 경제적 상황과 세계대전을 전후한 긴박한 시대상황 속에서 유럽인들은 지금까지 믿고 있었던 기존 전통에 대한 회의를 느끼고, 새로운 개혁의지를 가지고 절대성(das Absolute)과 행동성(Aktivität), 그리고 유토피아의 세계(Utopie)를 추구한다. 표현주의 작가들은 영원한 세계와 절대적인 세계에 대한 동경을 통해 인생의 의의를 추구하고, 인간의 영혼을 절규하고 있다. 작가들은 내면적, 주관적 세계를 표현하며 새로운 인간상과 새로운 세계상을 보여 주고 있다.

표현주의 작가들은 1차 대전 후, 병들어 가는 서양인의 의식을 공산주의적인 방법이나 기독교적인 방법으로 개혁하려고 시도했는데, 잉그리트 쉬스터(Ingrid Schuster)는 『독일문학에 나타난 중국과 일본(China und Japan in der deutschen Literatur)』(1890~1925)에서 표현주의적 새로운 인간형을 다음과 같이 언급하고 있다.

표현주의자들은 참여문학으로서의 표현주의적 작품들에서 새로운

인간상을 묘사할 것을 기대했다. 이 새로운 인간상은 그들의
작품에서 니체, 메시아, 혁명가, 아시아인들의 모습으로 반영되었다.

In den expressionistischen Werken als engagierter Dichtung erhofften die
Expressionisten ein neues Menschenbild darzustellen. Dieses neue Menschenbild
spiegelte sich in den Gestalten von Nietzsche, Messia, Revolutionären und
Asiaten in deren Werken.[107]

그러므로 새로운 인간을 창조하고, 그 인간이 어떻게 영위해야 하
는가를 제시하는 것이 표현주의자들의 창작이념이었다. 그리하여 표현
주의 작가들은 그들의 궁극적 목표인 새로운 인간상(neues Menschenbild)
을 표현하기 위해서 기존의 전통적 문학형식과 내용에서 벗어나 실
험적 예술정신에 입각해서 새로운 소재와 모티브와 사상을 개방적으
로 작품 속에 수용하게 된다.

3.2. 중국적 인간상과 표현주의

발터 뮤쉬크(Walter Muschg)는 되블린의 『왕룬의 세 도약』의 편집
자로서 후기(Nachwort)에서 이 작품을 독일소설의 시민적 전통을 탈
피한 표현주의적 서사문학의 대표작이라고 높이 평가하고 있다.[108] 또
한, 잉크리트 슈스터는 그의 논문 「중국옷을 입은 새로운 인간(Det neue
Mensch im chinesischen Gewand)」[109]에서 브레히트(Brecht), 카프카(Kafka),

107) Ingrid Schuster, *China und Japan in der deutschen Literatur* 1890–1925, Francke Verlag, Bern und München 1973. S.166.

108) Vgl. Walter Muschg, *Nachwort des Herausgeber* S., S.181. In: Altred Döblin. *Die drei Sprünge des Wang-Lun*, Walter Verlag, Olten 1960.

109) Vgl. Ingrid Schuster, 「Der neue Mensch im chinesischen Gewand」. In: Neue Züricher Zeitung, Literatur und Kunst, Sonntag 21. Nov. 1971.

되블린(Döblin), 호프만슈탈(Hofmannsthal), 루드비히 루빈너(Ludwig Rubiner), 톨러(Toller) 그리고 헤세와 같은 현대작가들은 그들의 작품 속에 중국적 의상을 한 표현주의의 새로운 인간상을 묘사하였다고 지적한 바 있다. 특히 되블린은 제1차 세계대전 이후 암울했던 시대 상황 속에 처해 있는 유럽인들에게 새로운 충격을 주기 위해서 중국적인 새로운 인간상을 제시하였다고 볼 수 있다. 울리히 폰 펠버르트(Ulrich von Felbert)는 그의 박사논문 「충격과 모범으로서 중국과 일본(China und Japan als Implus und Exempel)」에서 "새로운 인간상은 현대적 실험형식 속에서 인간과 세계를 이념적으로 갱신하려는 특징을 지니며, 사회적 조화와 정의감을 동경함으로써 융화적 집단체험과 자연과 인간이 하나가 되는 도가적 세계를 추구 한다"110)라고 지적하고 있다. 되블린은 표현주의의 기수인 발덴(H. Walden)과 함께 표현주의 문학지 「폭풍(Der Sturm)」을 발간하였으며, 기존 문학전통과는 구별되는 새로운 형식과 내용을 시도하기 시작했다. 되블린은 작품을 통해서 유럽인의 갈등구조에서 벗어나 동양의 화해구조의 가능성을 제시하고 있으며, 서구문학의 전통에서는 찾아볼 수 없는 극단의 직관적 서술방식을 채택하고 있다.111) 되블린을 비롯한 표현주의자들은 중국을 풍부한 정신적 재산을 가진 제2의 정신의 고향으로서 간주했다. 이와 같은 이국적 세계에 대한 몰입현상은 표현주의자들의 비합리적 실존주의적 예술취향과 표현주의의 현실 도피적 특성에서 기인하고 있다고도 볼 수 있다. 결국 표현주의자들은 새로운 예술형식과 내용을 창조하

---

110) Ulrich von Felbert, *China und Japan als Impuls und Exempel, Fernöstl. Idee u. Motive bei Alfred Döblin, Bertolt Brecht u. Egon Erwin Kisch*. Peter Lang, Frankfurt am Main 1986, S.28.

111) Vgl. Haeng-Sook Doo, *Das Motive des Untergangs in der deutschen Literatur des 20. Jahrhunderts*, a.a.O., S.72.

기 위해서 불가피하게 중국적 모티브와 사상을 수용할 수밖에 없었던 것으로 여겨진다.

왕룬과 같은 인물에 나타나고 있는 도가적 불교적 인간상과 마노와 같은 불교적 인간상, 그리고 건룽과 같은 유교적 인간상은 유럽인들에게는 이국적 인간상으로서 바로 표현주의 작가들이 표방하고 있는 새로운 인간상과 일치하고 있는 것이다. 다시 말하면, 되블린의『왕룬의 세 도약』에 묘사된 중국적 인간상은 서구인들에게 표현주의적 새로운 인간상을 부각시킴으로써 새로운 의식개혁을 위한 충격요법이며, 동시에 소외효과(Verfremdungseffekt)를 의도한 것으로 이해할 수 있다.

제6장

헤세문학의 동양 수용과 그 문학적 의미

제6장 혜세문학의 동양 수용과 그 문학적 의미

제1절 『싯다르타(Siddhartha)』의 동양 수용과 그 낭만주의적 의미

1.1. 혜세의 중국문학 수용

혜세가 어떠한 경로로 중국문학을 체험하는지를 살펴보고자 한다. 1914년에 혜세는 "동양 민족의 본질을 알려면 그 민족의 예술과 문학을 연구하는 것보다 더 좋은 방법은 없다"라고[112] 기술하였다. 혜세는 자신도 이와 같은 중국민족성을 알기 위해서 중국문학을 탐독했다. 혜세가 읽었던 중국산문은 1911년 마르틴 부버(Martin Buber)가 독어로 옮긴 서적 『중국괴담과 애화집(chinesischer Geister und Liebesgeschichten)』이었다.[113] 혜세는 위에서 언급한 중국산문을 『시경(詩經)』과 장자(莊子)의

---

112) Chinesische Volksmärchen, in März, Jg. 8, 1914. Bd.3, S.218, bzw. Schriften zur Literatur, Bd. 2, bzw. WA, Bd.12, a.a.O., S.31f.

서적 다음으로 높은 문학적 가치를 지닌 문헌으로서 평가하였다. 헤세는 리하르트 빌헬름(Richard Wilhelm)이 1914년에 번역한 『중국민속동화(chinesische Volksmärchen)』를 입수하여 이 책 속에 소개된 100개 정도의 동화를 독파하고서 중국 동화에 대해서 다음과 같은 평을 하였다.

이와 같은 동화에서 읽을 수 있는 것은 철두철미한 싱가포르의 중국인이 나에게 주었던 인상과 똑같다. 즉 우리는 소박성, 천진성, 유희성, 미학적인 면에서 중국인의 세밀한 미적 감수성과 시적인 섬세성을 발견할 수 있다.[114]

1915년 헤세는 중국 단편을 읽고 난 후에 다음과 같이 느낀 소감을 밝히고 있다.

나의 독서실 구석에서 작으나마 무엇보다 우선적으로 잘 다듬어진 풍요로움을 체험했다. 동양문학과 동화, 천일야화, 시경(詩經), 바가바드기타(Bagavadgita), 일본 시, 인도격어, 공자의 논어(論語)가 있는 서가 모퉁이가 있다. 이곳에는 몇 년 전만 해도 중국단편이 없었다. 43년 전에 마르틴 부버(Martin Buber)의 『중국 괴담과 애화집』이라는 놀라운 책이 나타났다. 그 당시에 나는 아시아 여행을 했을 때 중국인의 삶의 내면을 애정 어린 눈으로 쳐다보았으므로 이와 같은 마술적인 얘기들이 나를 위해서 마련되어 있었던 것처럼 느껴졌으며, 과거에 독서했던 그 무엇보다도 더 깊은 인상을 주었다. 그리고 새로운 세계를 결정적(決定的)으로 보았다. 나는 구루베(Grube)의 중국문학사와 중국학에 해박한 자들과의 대화를 통해서 중국통속소설들을 대충 알고 있었다. 지금 나는 가장 기이한 분야

---

113) Schriften zur Literatur, Bd.2, bzw. WA, Bd.12, a.a.O., S.37ff.

114) W. A. Bd.12,a.a. O., 5. 31f(Was ich aus diesen Märchen lese, stimmt nun durchaus überein mit dem Eindruck, den mir die Chinesen Singapores gemacht haben. Wir finden viel Naivität, Kindlichkeit und Spielerei, daneben eine große Feinfühlichkeit im Ästhetischen. (중략))

에 시야를 돌리게 되었다. 오랫동안 참을 수 없이 기다렸던 꽃피는 초봄처럼, 갑자기 나한테 해마다 경이로운 일이 생겨났다. 몇 주일 전에 루델베르크(H. Rudelsberg)가 인셀(Insel)판으로 편지했었던 두 권의 소책자 「중국단편소설(chinesische Novell)」이 나왔으며 그 외에도 부버(Buber)의 자그마한 서적과 디트리히 (Diederich)판으로 나온 빌헬름의 『중국동화』와 같은 레오 그라이너(Leo Greiner)의 『중국의 밤(chinesische Abende)』이 나왔다.[115]

여기에서 알 수 있듯이 헤세는 중국인의 생활태도에 지대한 관심을 가지고 중국문학을 새로운 세계로서 인식하고 있었고, 중국과 중국문학에 대해서 해박한 지식을 가지고 있음을 알 수 있다. 구체적으로 중국문학 속에 내재해 있는 중국인의 두 가지 속성을 다음과 같이 지적하였다.

> 한 가지 면은 조용하고 소박한 현실적인 면이요. 일상생활의 현실 속에서 보수적으로, 실제적으로 견디어내는 면, 어떠한 형태로든 인생, 건강, 가족의 행복 번영, 소유, 부를 존중하는 면이 있고 또다른 면으로는 인도의 영향을 받았음이 분명한 명상의 경향이 강한 면이다. 이러한 면은 고대중국의 대표적 사상가들의 정신 속에 은연중에 이어져 내려왔던 한편, 중국 국민들에게는 굉장히 다양하고 기이하여 비길 데 없는 신비의 세계를 내용으로 하는 신화와 마술을 안겨 주었다.[116]

헤세는 앞에서 언급한 중국 고전문학 이외에도 약 200개의 중국단

---

115) Ein Biblotheksjahr in: Neue Züricher Zeitung, Nr. 811, vom 27. 6. 1915.

116) Adrian Hsia, *Hermann Hesse und China*, Frankfurt am Main 1974, S.146f.(Die eine Seite ist eine stille, naive Gegenwärtigkeit, ein konservativ praktisches Verharren bei den Realitäten des Täglichen Lebens, eine Achtung vor Leben Gesundheit, Familienglück, vor Gedeihen, Besitz, Reichtum in jeder Form. Das zweite Gesicht, das viel indische Einflüsse zeigt, ist eine Neigung zur Kontemplation, welche bei den eigentliches Denkern des alten China rein geistig und nahezu bildlos bleibt, die aber im volk eine Mythologie und Dämonologie von groβ er Buntheit und oft grotesker Fremdartigkeit erzeugt hat.)

편소설, 파울 퀴넬(Paul Kühne1)의 중국단편(chinesiche Novellen), 그리고 명나라(1398~1644)의 40개 단편집으로 구성되어 있는 금고기관(今古奇觀)에서 8~9개의 단편들을 독서해냈다. 헤세는 이와 같은 중국문학작품을 다양하게 독서함으로써, 중국인이 현실에 높은 가치를 부여하고 있는 면과 동시에 자유분방한 공상력을 지니고 있다는 중국인의 민족성의 본질을 파악한 것으로 이해된다. 다음은 헤세가 중국의 공자, 노자 그리고 역리사상을 어떠한 경로로 접촉하여 수용했는지를 알아보기로 한다.

1.2. 헤세의 중국사상 수용

1.2.1. 공자의 유교사상

헤세는 처음으로 1910년 리하르트 빌헬름(Richard Wilhelm)이 독어로 옮긴 공자의 『논어(論語)』를 접촉하게 된다. 헤세는 공자의 『논어』에 대해서 다음과 같이 느낀 바를 기술하고 있다.

> 『논어』는 이해하기에 쉽지가 않다. 우리가 살아가는 데 필요한 공기와는 색다른 성질과 화합물로 되어 있는 생소한 공기를 마시는 기분을 느끼고 있다. 그러나 나는 이렇게 전혀 눈에 익지 않은 『논어』와 시간을 보내는 것에 결코 후회하지 않는다. 우리는 낯선 세계의 창조물을 보는 것처럼 중국정신을 접하게 되며, 그리고 그러한 중국정신에 매우 만족스러웠다. 피상적으로보다는 한 번 더 세밀히 눈여겨보는 중요한 과제가 남아 있다. 우리 서구의 개인주의적인 문화를 결코 자명한 것으로 보지 말고 서구문화의 반영으로써 낯선 세계의 정신과 비교하여 고찰할 필요가 있다. 그것은 동시에 존재하는 것이 아니라 두 세계를 종합할 수 있다는 생각이 독서하는 자의 마음속에 여러 번 순간마다 희망차게 떠오른다. 왜냐하

면 공자라는 위대한 기인의 모습에서 오래 전부터 서양사 속의 위인들에게서 찾아볼 수 있는 그와 같은 개성을 느끼고 있기 때문이다. 처음에는 우리들의 눈에 괴기스런 실책으로 보였던 일들이 자연스럽게 보이고 있다. 처음에는 매우 무미건조하게 보였던 일들이 점차 매력적이며 정말 훌륭한 것으로 느끼게 된다. 우리는 인간 외적 자연보다도 서구예술과 아마도 정치적 결단성만을 편중되게 관심을 두어 왔던 서구개인주의자들은 유교체계와 교육학의 확실성 및 윤리규범 면에서 중국세계를 부러워하고 있다.[117]

위에서 소개한 헤세의 『공자(Konfuzius)론』에서처럼 헤세는 처음에는 『논어』가 이해하기 어렵고 생소한 느낌을 주는 중국고전으로 생각했지만, 공자의 말씀 속에는 서구인이 동감할 수 있는 동질적 요소가 존재하고 있음을 인식했다. 또한 그는 서양의 정신과 중국의 지혜를 조화시킬 수 있는 가능성을 발견했다. 특히 헤세는 서구인의 개인주의적 사고방식에서 벗어나 새로운 차원에서 공자의 유교체계를 이해해야 할 시대적인 필요성을 암시해 주고 있다. 나아가서 그는 공자의 유교사상과 교육사상이 위기에 처한 유럽인들에게 새로운 시사성을 준다는 점에서 감탄을 금치 못하고 있음을 알 수 있다.

---

117) Hermann Hesse, *Schriften zur Literatur* II, Suhrkamp Verlag, Frankfurt am Main 1970, Bd.12, S.30. (… Leicht ist die Lektüre nicht, und immer hat man das Gefühl, eine fremde Luft zu atmen, welche von anderer Art und Zusammensetzung ist als die die wir zum Leben brauchen. Dennoch bereue ich die mit diesen Gesprächen verbrachten Tage nicht. Berührt uns auch der chinesische Geist wie der Anblick von Erzeugnissen eines fremden Weltkörpers, so tut es doch wohl und ist eine trefflich Übung, einmal mehr als nur oberflächlich dahineinzuschauen. Denn das nötigt uns, unsere eigene, individualistische Kultur auch einmal nicht als selbstverständlch, sondern im Vergleich mit ihrem Widerspiel zu betrachten. Und dabei bleibt es nicht, sondern es entsteht im Lesenden manchmal für Augenblicke die seltsam aufleuchtende Vorstellung der Möglichkeit einer Synthese beider Welten. Denn als innersten Kern im Wesen des großen Fremdings Konfuzius erkennen wir dieselben Eigenschaften, die wir den großen Menschen der abendländischen Geschichte langst kennen. Wir empfinden Dinge natürlich, die uns anfänglich wie groteske Verirrungen erschienen, und finden Dinge reizvoll ja schon, die uns zuerst abschreckend trocken vorkamen. Und wir Individualisten beneiden diese chinesische Welt um die Sicherheit und Große ihrer Pädagogik und Systematik, der wir nichts an die Seite zustellen haben als unsere Kunst und unsere vielleicht größere Bescheidenheit vor der außermenschlichen Natur.)

세계대전을 겪으면서 유럽의 위기를 직감한 헤세는 공자의 말씀을
중요시하게 되었다.

> 나는 세계대전을 목격하고 세계를 다음 몇 년 동안 아니 수십 년
> 동안 지배하여 완전하게 하려는 자들의 구호를 들으면서 공자(孔
> 子)의 말씀을 생각하게 된다.[118]

세계대전으로 말미암아 불안하고 혼란한 그 당시 사회질서를 바로
잡아 줄 수 있는 가능성을 공자의 지혜에서 구했던 헤세는 1911년에
공자를 중국의 전형적인 인물로 이해했다. 헤세는 노자사상을 좋아하
는 만큼 공자를 윤리주의자이며 유교를 체계화한 철인으로서 존중했
다. 헤세의 말대로 노자와 쌍벽을 이루는 공자는 유교를 체계화한 성
인이며 윤리주의자로서 특징지을 수가 있다고 본다.

1930년 헤세는 「중국의 지혜(die chinesische Weisheit)」라는 제목 아
래 다음과 같이 유교적 사상과 노자의 지혜를 구분하여 차이점과 공
통점을 지적하고 있다.

> 이러한 모든 고대 중국인들의 지혜는 모든 지혜가 그러하듯이 도
> 덕율이라고 말할 수 있다. 이것이 바로 중국의 유교에 해당한다.
> 그러나 어느 면에서 이러한 지혜는 신비주의며, 고독한 명상을 통
> 한 체험이며, 광채 나는 세계에로의 돌진을 의미한다. 이것이 바로
> 도덕적 세계인 것이다. 두 사상의 공통점은 경외와 성실의 정신이
> 요, 아름다움과 괴변을 무시하며, 명확히 모든 것 외에 움직이고
> 있는 명랑성이요, 확실히 세상적이요, 세계를 경외하는 것이다.[119]

---

118) Hermann Hesse, *Schriften zur Literatur* 1. Suhrkamp Verlag, Frankfurt am Main, 1970, Bd. 11,
S.282(Oft gedenke ich diess Spruches (···) beim Betrachten der Weltereignisse und bei den
Ansprüchen derer, welche die Welt in den nächsten Jahren und Jahrzehnten zu regieren und
perfekt zu machen im Sinn haben···).

다음으로 헤세를 공자사상과 쌍벽을 이루고 있는 노자사상과 관련
지어서 살펴보기로 한다.

1.2.2. 노자의 도가사상

헤세는 노자의 『도덕경(Tao-Te-King)』을 1911년 알렉산더 우랄
(Alexander Ular)의 번역된 서적을 통해서 처음으로 접하게 된다. 그의
부친 요한네스 헤세(Johannes Hesse)에 의해서 이미 노자에 대해서 알
고 있었으나 본격적으로 접근하기 시작한 것은 율리우스 그릴(Julius
GriII)이 독어로 옮긴『도덕경(道德經)』을 통해서였다. 그릴(GriI1)이 번
역하고 주석을 붙인『도덕경』은 도교철학의 입문서가 되었다. 그릴이
의미하는 도의 개념은, 모든 존재하는 것은 생산하는 절대적인 것이
요, 존재 그 자체인 것이다. 그릴은 노자를 기독교적으로 보지만 헤세
는 이러한 그의 도의 개념을 다음과 같이 수용하고 있다.

> 일반 유럽인이 중국철학에 대해서 가지고 있었던 통념을 제외하고
> 도 노자를 피상적으로 고찰해 보면 활동 면에서 중국적인 것이 아
> 닌 듯싶다. 『도덕경』 번역가들이 노자를 예수와 직접 비교하고 있
> 으며 어쨌든 극동사상가 중에서 노자만큼 우리 아리안에게 윤리적
> 사상 면에서 거리감이 없으며 친화력을 느끼는 자는 없다. 최근에
> 재차 연구되고 있는 세상을 등진 괴변적 인도철학에 비교하면 이
> 와 같은 중국철학은 철두철미 실용적이며 단순한 느낌을 주고 있
> 다. 서양의 사상적 곡예사들의 변태적 행위를 완전히 제치고서도
> 우리 서구인이 수치심을 느끼지 않을 수 없는 것은 고대중국인은
> 무정부적 전공철학에서 숱한 천성을 무시하는 서구인보다 인간성
> 개발 면에서 기본적 가치를 확대하고 합목적으로 더욱 잘 인식하
> 여 연구했던 점이다.[120]

---

119) Adrian Hsia, *Hermann Hesse und China*, Frankfurt am Main 1974, S.114.

120) Hermann Hesse, *Schriften zur Literatur* II , Bd. 12, *Eine Literatur, Geschichte in Rezension und*

그릴이 번역한 노자의 『도덕경』이 출간된 같은 해에 리하르트 빌헬름이 『인생의 의미에 관하여(Von Sinn des Lebens)』라고 제목을 붙여 독어로 번역한 『도덕경』을 출판하였다. 그릴은 기독교-신학적인 관점에서, 빌헬름은 형이상학적·존재론적 관점에서 노자의 『도덕경』을 독어로 옮겼는데 헤세는 이 번역 작품들에 대해서 다음과 같이 언급하고 있다.

두 번역 작품에 대한 철학적 정확성에 대해서는 비평할 수 없으나 철두철미하게 잘된 번역 작품인 것이다. 그릴의 번역판은 풍부한 주석이 있어서 학문적으로 더욱 사용가치가 있는 반면에 빌헬름의 번역판은 더욱 힘이 있고 규정적이며 사적인 언어로 되었기 때문에 접근하기가 용이하다는 점이다.[121]

1921년에 로망 로랑(Romain Rolland)이 헤세에게 『도덕경』의 번역 상태에 관해서 문의했을 때, 헤세는 그릴과 빌헬름의 번역판을 추천하는데 개인적으로는 빌헬름의 번역판을 더욱 좋아한다[122]고 말해 주었다. 헤세는 빌헬름의 번역판을 예수와 노자를 연상하면서 조심스럽게 접근한다. 헤세는 1971년에 「중국적인 것(chinesisches)」이라고 제목이 붙은 글에서 다음과 같이 노자에 대해서 논(論)하고 있다.

Aufsätzen. Herausgergeben von Volker Michaels, Frankfurt am Main. 1970. S.29. (… Neben die Vorstellung gehalten, die de Durchschnittseuropär von der chinesischen Philosophie hat, erscheint Laotse oberflächlichem Betrachten beinahe unchinesisch in seiner Lebendigkeit, Der Übersetzer vergleicht ihn recht einleuchtend direkt mit Jesus, und jedenfalls ist unter den bekannteren Denkern des Fernen Ostens wohl keiner, dessen ethische Ideale uns westlichen Ariern näherstünden und verwandter wären als die des Laotse. Neben der *Weltabgewandten*, oft spitzfindig grübeln den *Philosophie* Indiens, die bei uns in letzter Zeit so sehr wieder studiert wird, mutet diese chinesische Weisheit durchaus praktisch und einfach an, und vollends neben manchen entarteten Seitensprüngen abendländischer *Denkakrobatik* kann man dem beschämenden Eindruck gewinnen, dieser uralte Chinese habe die elementaren Werte besser erkannt und habe grö β er und zweckmäß iger an der Entwicklung der Menschheit gearbeiter als so viele instinktverlassene Abendländer in ihrer anarchischen Spezialistenphilosophie.)

121) Ebenda, S.29.
122) *Hermann Hesse et Romain Rolland, D'une rive a l'auture*, Paris 1972, S.72ff.

나는 노자에 대해서 말하고 있으며 그의 말씀을 우리들은 마음에 새겨 두고 있습니다. 모든 존재의 근본원리는 철학적 체계의 동등한 가치를 지니고 있거나 관심 있는 애독자를 이끌 수도 있습니다. 도덕경의 말씀 속에는 개인적으로 힘이 있고, 웅장하고 훌륭한 윤리학을 포함하고 있지 않으며, 최근 독일어번역가, 신학교수는 노자와 예수를 직접 대등한 관계로 놓고 있습니다. 우리 같은 무식한 자에게 과거에는 물론 중국인은 아무런 영향력을 행사할 수 없었습니다. 아무리 노력하더라도 도덕경은 어렵고 생소한 언어로 쓰여 있기 때문에 접근하기가 용이치 않았습니다. 율리우스 그릴의 최근 번역판 노자를 공부하고자 하는 마음과 여력이 있는 자는 후회하지 않을 것입니다. 여기에서 문제되는 것은 문학적 인류학적 골동품으로서가 아닌, 가장 진지하고 심오한 서적이라는 점인 것입니다.[123]

헤세는 세계일차대전이 끝나고 나서 정치적 잡지 「Vos Voco」의 창간호에 다음과 같이 기술하고 있다.

우리에게 필요한 지혜는 노자의 지혜이며, 노자의 지혜를 유럽어로 옮기는 일이 우리가 처한 이때에 해야 할 유일한 과제인 것이다.[124]

다음에는 작품 『유리알 유희』에 결정적 영향을 주었던 헤세의 『역경(易經)』과의 수용관계를 알아보기로 한다.

---

123) Hermann Hesse, *Schriften zur Literatur* I, Bd.12, S.26f. (Ich rede von Lao-tse, dessen Lehre in dem Buch Tao-Te-King uns aufbewahrt worden ist. Seine Lehre vom Tao, dem Urprinzip alles Seins, könnte uns als philosophisches System gleichgültig bleiben oder höchstens interessierte Liebhaber anziehen, enthielte sie nicht eine so persönlich kräftige, große und schöne Ethik, daß ihr letzter deutscher Bearbeiter, übrigens ein Theologieprofessor, den Lao-tse direkt in Parallele mit Jesus stellt. Auf uns Ungelehrte nun wird freilich der Chinese einstweilen nicht so machtige Wirkung üben könnenm, da sein Werk für uns eine schwere, fremde Sprache redet, der nur mit Fleiß und echter Bemühung nabezukommen ist. Es handelt sich hier nicht um ein Kuriosum und eine literarisch-etnologische Rarität, um eines der ernsthaftesten und tiefsten Bücher des Altertums überhaupt.)

124) Vgl. Adrian Hsia: a.a.O., S.98.

1.2.3. 주역의 역리사상

Hesse는 1924년 리하르트 빌헬름이 독어로 옮긴 『역경(I-Gmg)』을 접하게 된다. 그는 1925년에 『역경』에 대해서 다음과 같이 느낀 바를 기술하고 있다.

> 변화의 서의 책은 반년 전부터 내 침실에 놓여 있었으며 결코 한 페이지 이상을 읽어 나가지 않았습니다. 기호로 결합된 괘(卦)를 자세히 응시해 보면, 건괘(乾卦), 창조적인 것과 선괘(巽卦), 부드러운 세계에 침잠된다. 그것은 독서도 아니요 사색도 아니요 흘러가는 물과 구름을 보는 것과 같다. 그 속에는 사색하고 체험할 수 있는 모든 것이 기록되어 있다.[125]

여기에서 우리가 쉽게 찾아 볼 수 있는 것은 헤세를 사로잡았던 것은 『역경』의 기호 결합과 전 세계에 대한 비유체계인 것이다. 소위 『역경』을 형성하는 기본이 되는 팔괘(八卦)의 특성과 두 요소 음(陰, ⚋)과 양(陽, ⚊), 천(天)과 지(地), 아버지와 어머니, 강한 것과 부드러운 것이 서로 보완하면서 조화를 이루어가는 변화의 서, 『역경』을 헤세는 그의 침실에서 한 페이지 이상을 넘기지 않고 음미하며 흘러가고 있는 물과 구름을 응시해 보듯이 낭만적으로 파악했으며, 사색하고 체험할 수 있는 모든 것이 『역경』 속에 상징적으로 표현되어 있음을 인식했다고 볼 수 있다.

1926년 6월 4일자, 헤세가 독일계 중국학자 리하르트 빌헬름한테 다음과 같은 내용을 담은 편지를 띄운다.

---

125) Ebenda, S.34f. (Dieses Buch der Wandlungen liegt seit einem halben Jahre in meinem Schlafzimmer und nie habe ich auf einmal mehr als eine Seite gelesen. Wenn man eine der Zeichen-Kombinationen anblickt, sich in Kiän das Schöpferische, in Sun das Sanfte vertieft, so ist das kein Lesen und ist auch kein Denken. sondern es ist wie Blicken in fließendes Wasser oder in ziechende wollken. Dort steht alles geschrieben, was gedacht und was gelebt werden kann.)

당신의 중국세계가 매우 매력이 갑니다. 중국의 귀중한 윤리적 질서는 비사회적인 나에게 매우 놀랍고 어색하기는 했지만 나도 모르게 『역경』에 접근하고 있었습니다. 『역경』의 윤리학에 근본적으로 관련을 맺지 않고서 때때로 심오하며, 만족스런 그림세계를 고찰했습니다. 제가 앉아 있는 가지 위에 국가적·가정적·사회적으로 관련되어 있는 세계의 꽃이 아쉽게도 피어 있지 않았습니다.126)

여기에서 중요한 사실은 헤세가 본격적으로 양(陽)과 음(陰)으로 이루어지는 전 세계에 대한 비유체계를 재인식했다는 점이다. 헤세에게 있어서 『역경』이 그의 창작과 사상에 뿐만 아니라 그의 사생활에도 지대한 영향을 미치고 있음을 호이쓰(Heuss)한테 보냈던 다음의 서간문에서 찾아볼 수 있다.

존경하는 호이쓰(Heuss) 박사님! 당신의 초청에 당황했지요. 여하튼 감사합니다. 당신의 초청에 기꺼이 가겠습니다. 그러나 마음 한 구석에서 이상한 거부반응이 일어나고 있습니다. 간단히 요약하면 당신의 편지를 받던 날 아침에 일본에서 동양학을 연구하고 있는 외사촌 군데르트(Gundert)가 왔다가 갔습니다. 어린 시절부터 사귀어 왔던 친척이며 동양사상에 대해서 대화하는 데 정신이 없었습니다. 당신의 초청이 생각이 났지요. 세계, 재산, 명예를 선불교적으로 무시하는 마음으로 차 있었습니다. 당신이 몸소 보내준 편지가 아니었더라면 서슴지 않고 거절했을 것입니다. 아니면 비교적 지혜의 자세로 거절했을지도 모르겠습니다. (중략)
저는 중국의 고서, 역경을 잡고서 점(占)을 쳐 보았더니 천지태괘(天地泰卦)가 나왔습니다. 호이쓰(Heuss) 박사님한테도 명쾌하고 흡족한 괘입니다. 태상(泰象)을 보면 다음과 같습니다. 하늘과 땅이 화합하는 태(泰)의 괘상(卦象)을 보면 다음과 같습니다. 하늘과 땅

126) Ebenda, S. 34f.(Ihre chinesische Welt zieht mich mit ihrer magischen Seite an. Während ihre prachtvolle, moralische Ordnung mir, dem unsozialen, bei aller Bewunderung fremd bleibt, leider ist mir durch auch das I Ging nur teilweise zugänglich. Ich betrachte zuweilen seine tiefe, satte Bilderwelt, ohne zu Ethik der Kommentare eine eigentliche Beziehung zu haben. Auf dem dürren Art, auf dem ich sitze, blüht die Blume der staatlichen, familiären und gesellschaftlichen Beziehungswelten leider nicht.)

이 화합하는 것이 태(泰)의 괘상이다. 왕자는 이 쾌상을 걸고서 천지의 작용에 사람의 힘을 보태어 천지의 원만함을 도와 대성하게 하고 인민을 태평에게로 인도한다. 저는 『역경』이 판단하는 대로 당신의 초대를 수락했습니다.[127]

이와 같이 헤세는 역점(易占)을 쳐서 나오는 괘에 따라서 행동의 판단기준을 삼을 정도로, 『역경』의 미래 예언성을 믿고 있을 정도로 역경의 원리에 매료되었음을 보여 주는 좋은 증거로 본다.

1. 싯다르타의 내면성숙과정과 역리적 구조

1.1. 싯다르타(Siddhartha)의 성(聖)스러운 불교체험과 양(陽)의 세계

본 작품의 제1장에서 제4장까지 주인공 싯다르타(Siddhartha)가 양(陽)의 세계인 성(聖)스러운 불교세계를 체험하는 과정을 역리적 음(陰)·양(陽)의 원리에 입각해서 고찰하고자 한다.

주인공 싯다르타(Siddhartha)는 친구 고타마(Gotama)와 같이 사문의 세계에 들어가기 위해서 부모님 곁을 떠나게 된다. 싯다르타는 불교의 세계에 입문하여 세상의 무상(無常)과 번뇌와 희로애락으로부터 해탈하기 위해서 모든 욕심을 제거하고 만물의 인과율(因果律)과 윤회의 법칙에서 벗어나 인간 본연의 진아(眞我, Atman)를 찾는 과정에 나선다.

석가의 설법을 듣기 위해서 싯다르타와 그의 친구 고타마는 고해

(苦海)의 세상에서 탈피하여 모든 인생의 고통에서 해탈할 수 있는 불교의 가르침인 사체(四諦), 즉 고체(苦諦), 집체(集諦), 감체(減諦), 도체(道諦)와 팔정도(八正道), 즉 정견(正見), 정사(正思), 정어(正語), 정업(正業), 정명(正命), 정정진(正精進), 정념(正念), 정정(正定)의 불교교리를 배우게 된다.

제3장부터 고타마는 불교의 가르침에 귀의할 것을 결심하지만 싯다르타는 불교의 말씀에서 자아를 발견할 수 없음을 깨닫는다. 이는 싯다르타와 불타의 대화 속에서 찾아볼 수 있다.

> 그것은 당신의 독특한 시도에서 나온 당신 자신의 명상을 통해서나, 참선을 통해서, 인식을 통해서, 각성을 통해서 이루어진 것입니다. 배움에 의하여 이루어진 것은 아닙니다! 그러므로 제 생각은 이러합니다. 아무도 해탈을 배워선 할 수 없습니다. 오, 세존이시여!128)

> Sie ist dir geworden aus deinem eigenen Suchen, auf deinem eigenen Wege, durch Gedanken, durch Versenkung, durch Erkenntnis, durch Erleuchtung. Nicht ist sie dir geworden durch Lehre! Und so ist mein Gedanke, o Erhabener! keinem wird Erlösung zuteil durch Lehre.

제4장에 와서는 지금까지 추구해 왔던 진아(眞我-Atman)의 세계에서 탈피하여 자기 자신을 탐구하는 여행을 떠난다. 새롭게 자기 자신을 스승으로 볼 뿐만 아니라 세상에 다시 태어나는 각성된 인간으로 변해가고 있음을 다음 싯다르타의 고백을 통해서 알 수 있다.

나는 이미 이전의 내가 아니다. 나는 지금은 고행자도 아니며 승려

---

128) Hermann Hesse, *Gesammelte Werke*, Suhrkamp Verlag, Frankfurt am Main 1970. Bd. 5 S.381. [이하의 본문에 인용되는 동일한 헤세 작품을 WA 5로 표기하기로 함.]

도 아니다. 그리고 파라문도 또한 아니다. 대체 집으로 돌아가서, 아버지의 곁으로 돌아가서 무엇을 하려는 것이냐? 배우고 제를 올리고 참선(參禪)을 하겠단 말인가? 이 모든 일은 지나간 말이다. 이 모든 일은 나의 앞길에는 더 필요하지 않다.

『Ich bin ja nicht mehr, der ich war, ich bin nicht mehr Asker, ich bin nicht mehr Priester, ich bin nicht mehr Brahmane. Was denn soll ich zu Hause und bei meinem Vater run? Studieren? Opfern? Die Versenkung pflegen? Dies alles ist ja vorüber, dies alles liegt nicht mehr an meinem Wege.』[129)]

1.2. 싯다르타의 애욕과 물욕의 속된 체험과 음(陰)의 세계

본 작품의 제2부 제5장과 제6장에서 싯다르타(Siddharha)가 개인의 체험을 통해서 단일성(單一性)을 향한 깨달음의 세계에 이르기 위해 음(陰)의 세계인 속된 애욕과 물욕의 세계를 체험하는 과정을 역리적 원리에 관련하여 고찰하고자 한다.

헤세 작품의 주인공은 전부터 추구해 왔던 진아(Atman)의 세계에서 탈피하여 자기 자신을 탐구하기 위한 방랑의 여행을 떠난다. 주인공이 자아를 찾기 위해서 애욕과 물욕으로 인해 방랑하는 모습을 보이고 있다. 작품의 제2장, 제5장과 제6장에서 싯다르타는 개인의 체험을 통해서 단일성(單一性)을 향한 깨달음의 세계에 이르기 위해 세속적 애욕과 물욕의 세계를 통과하지 않을 수 없게 되어 있다. 싯다르타는 인간 욕망이라는 윤회의 틀에서 벗어나지 못하고 방랑하는 단계를 거치게 된다. 먼저 제5장에서는 싯다르타가 관능의 반려자 카말라(Kamala)[130)]와의 육체관계를 통해서 남녀 간 사랑의 기술(術)을 배

---

129) Ebenda, S, 386 .

우게 된다. 다음에서 싯다르타가 탐욕의 세계에서 벗어나지 못하고 있음을 알 수 있다.

> 그때 그는 고빈다를 포옹했으며 두 팔로 그를 감싸 안았다. 그가 그의 가슴에 바싹 끌어안으며 입을 맞추었을 때, 그것은 이미 고빈다가 아니라 여자였다. 여자의 탐스러운 젖이 저고리 앞을 비집고 흘러나와 있었다. 싯다르타는 그 젖에 매달려 마구 빨았다. 달콤하고 강하게 유방에서 흘러나오는 젖 맛이었다. 여자와 남자, 태양과 숲, 동물과 꽃, 온갖 열매며 환희의 맛을 느낄 수 있었다.[131]

> Da umarmte er Govinda, schlang seine Arme um ihn, und indem er ihn an seine Brust zog und küβte, war es nicht Govinda mehr, sondern ein Weib, und aus des Weibes Gewand quoll eine volle Brust, an der lag Siddhartha und trank, süβ und stark schmeckte die Milch dieser Brust. Sie schmeckte nach Weib und Mann, nach Sonne und Wald, nach Tier und Blume, nach jeder Frucht, nach jeder Lust.

또한 싯다르타는 몸소 관능적 애욕의 기술을 사랑의 반려자 카말라와의 성적 체험을 통해서 터득해 가고 있다.

> 그녀(카말라)는 그에게 인간은 쾌락을 주지 않고서 쾌락을 취할 수 없다는 것을 온갖 몸짓, 애무, 접촉, 바라보는 일, 심지어 육체의 아주 작은 부분조차도 깨달은 자에게 행복을 일깨워주려고 준비된 비밀을 지니고 있음을 가르쳐 주었다.[132]

> (…) lehrte sie von Grund auf die Lehre, daβ man Lust nicht nehmen

---

130) Kama는 원래 산스크리트(Sanskrit)어로 사랑(Love), 욕망의 신(the god of desire)을 의미한다. 본 작품에 등장하는 카마라(Kamala), 카마스바미(Kamaswami)는 여인에 대한 사랑, 물질을 사랑하는 뜻을 암시하기 위해서 작가가 의도적으로 이름을 각각 부여한 것으로 이해된다. Vgl. Thedore Ziolkowski, *Hermann Hesse. A Study in Theme and Structure*, Princeton . Princeton University Press, 1965, p.168.

131) WA 5, S.390.

132) WA 5, S.404.

kann, ohne Lust zu geben, und daβ jede Gebärde, jedes Streicheln, jede
Berührung, jeder Anblick, jede kleinste Stelle des Körpers ihr Geheimnis
hat, das zu wecken dem Wissenden Glück bereitet.

또한 제6장에서 싯다르타는 상인 카마스바미(Kamaswami)한테서 물
질의 욕망을 채우는 기술을 습득한다. 즉 그는 장사경험을 몸소 겪으
면서 돈을 버는 기술을 배우게 된다. 싯다르타가 상인 카마스바미와
의 대화 속에서 물질을 구하는 기술을 터득하고 있음을 알 수 있다.

> 그런 농담으로 나를 놀리지 마시오, 내가 당신에게 배운 것이란 한
> 바구니의 생선 값은 얼마라든가, 빌려준 돈의 이자를 얼마만큼 요
> 구할 수 있다든가 하는 것들이었소. 그것이 당신의 학문이었소.[133]

> Wolle mich doch nicht mit solchen Späβen zum besten haben! Von dir
> habe ich gelernt, wieviel ein Korb voll Fische kostet, und wieviel Zins man
> für geliehenes Geld fordern kann. Das sind deine Wissenschaften.

싯다르타는 지금까지의 관능적, 물질적 욕망을 채우면서 사랑의
기술과 돈을 버는 기술을 터득했지만 욕망의 굴레에서 벗어나지 못
하고 있음을 알게 된다. 과거에 고타마가 성스러운 불교의 세계를 체
험했던 것에 비하면 하나의 윤회(輪廻) 바퀴에서 벗어나지 못하고 있
는 것을 인식하게 된다.
주인공이 성스러운 존재가 되기 위해서 일상적인 속세에 대한 욕
망의 허물을 벗어던지고 방랑을 통해 온갖 고생과 시련을 이겨낸 후
다시 자유인과 도가적 인간과 같은 새로운 존재로 변신하고 있는 과
정을 고찰해 보기로 하자.

---

133) WA 5, S.407.

싯다르타(Siddhartha)는 지금까지의 관능적 물질적 욕망을 채우면서 사랑의 기술과 돈을 버는 기술을 터득했지만 과거에 고타마(Gotama)와 성(聖)스러운 불교의 세계를 체험했던 것에 비하면 하나의 윤회(輪廻)의 바퀴에서 벗어나지 못하고 있는 것을 인식하게 된다. 역리사상(易理思想)에서 극(極)에 도달하면 변화한다는 원리처럼 싯다르타(Siddhartha)는 극악(極惡)한 세속적 욕망의 세계에서 회의를 느끼고 이와 같은 속(俗)된 세계를 벗어나, 성(聖)스러운 세계와 욕심(慾心)에 찬 세계가 통일(統一)을 이루는 단계를 향하여 과감히 떠난다.

2. 단일성(Einheit)을 향한 각성단계

-성(聖)스러운 불교적 체험(陽)과 속된 욕망의 세계(陰)에 합일

본 작품의 제8장부터 제12장까지 싯다르타(Siddhartha)가 지금까지 추구했던 양(陽)의 세계인 성(聖)스러운 불교(佛敎)의 교리의 세계와 음(陰)의 세계인 속(俗)된 물질적 관능적 욕망의 세계가 합일(合一)되어 단일성(單一性)을 각성하는 과정을 고찰하고자 한다.

헤세의 상기한 작품의 주인공 싯다르타는 극악(極惡)한 세속적 욕망의 세계에서 회의를 느끼고 이와 같은 속(俗)된 세계를 벗어나, 성(聖)스러운 세계와 욕심에 찬 세계가 통일을 이루는 단계를 향하여 과감히 떠난다. 제8장부터 제12장까지 싯다르타가 지금까지 추구했던 성(聖)스러운 불교 교리의 세계와 속(俗)된 물질적 관능적 욕망의 한계를 강하게 인식하고, 그 양면성의 세계가 합일되어 단일성(單一性)으로 각성하는 과정을 발견할 수 있다. 제9장에서 속(俗)된 애욕과 물질

욕을 채우기 위하여 방랑했던 과거의 생활에 회의를 느끼고, 자살을 하려는 순간, 강에서 옴(OM)의 소리를 듣게 된다.

> 그것은 하나의 말. 무심코 중얼거리는 소리로 혼자서 말하는 음절, 모든 파라문의 기도의 처음과 마지막 소리인 오랜 그 말 '완전한 것' 또는 '완성'을 의미하는 성스런 옴이었다. 옴이라는 소리가 싯다르타의 귀에 들어온 순간 잠자던 그의 정신은 갑자기 눈을 뜨고 자기 행동의 어리석음을 깨달았다.134)
>
> Es war eine Wort, eine Sillbe, die er ohne Gedanken mit lallender Stimme vor sich hinsprach, das alte Anfangswort und Schluβwort aller brahmanischen Gebete, das heilige≪Om≫, das so wie bedeutet viel≪das Vollkomene≫ oder≪die Vollendung≫. Und im Augenblick, da der Klang≪Om≫ Siddharthas Ohr berührte, erwachte sein entschlummerter Geist plötzlich, und erkannte die Torheit seines Tuns.

싯다르타는 단일성을 상징하는 옴의 소리를 듣고서 그의 내면 깊숙이 잠자던 단일성에 대한 각성이 일기 시작한다. 이 단계는 헤르만 헤세의 인간 성숙의 3단계 중에서 제3단계에 속하는 각성의 단계라고 할 수 있다.135) 싯다르타는 뱃사공이며 단일성의 화신인 바수데바(Vasudeva)의 곁에 머물면서 단일성에 대한 수업을 받기 시작한다.

---

134) WA 5, S.421.

135) Hermann Hesse, Betrachtungen, in: *Gesammelte Werke in 12 Bände*, Bd. 10, Suhrkamp Verlag, Frankfurt am main 1976, S.74. Vgl. Gerhart Mayer, *Die Begegnung des Christentums mit den asiatischen Religionen im Werk Hermann Hesses*, Ludwig Roehrscheid Verlag, Bonn, 1956, S.557-89. [Hesse의 3단계의 인간성숙의 단계(人間成熟의 段階)(Stufen der Menchenwerdung)가 있는 데, 제1단계는 인간성숙은 순진 무순한 상태(천국, 천진성, 책임감을 느끼지 못하는 전 단계)로서 시작한다. 제2단계는 천진스러운 무의식적인 신앙의 순진성으로부터 벗어나 인간의 충동의 세계에로 이성적이며 의식적으로 목표를 설정한다. 제2단계의 마지막에 가서는 불안과 욕망에 억압되어 인간적인 좌절을 맛보게 된다. 제3단계는 인간에게 불멸한 정신, 아트만이 있다는 확신을 얻게 된다. 이 단계에서는 인간이 궁극적으로 도달되어야 할 신비적 구원의 길로서, 두 대립의 세계를 조화시키는 단일성의 신비(Unio Mystika)를 체험하게 되고 결국 불멸의 성인(聖人)들의 각성의 단계에 이르게 된다.]

싯다르타는 뱃사공의 곁에 머물렀다. 그리고 노 젓는 법을 익혔다. 나루터에서 할 일이 없을 때에는 바수데바와 같이 논에 가서 일을 하기도 하고, 나무를 모으고 바나나 나무 열매를 따곤 했다. 그는 노 만드는 법과 배 수선하는 법을 배웠고, 바구니 엮는 법을 배웠다. 그리고 그는 배우는 모든 것을 기쁘게 생각했다. 세월은 빨리도 지나갔다. 바수데바가 그에게 가르쳐 준 것보다 더 많이 강은 그에게 가르쳐 주었다.[136]

Siddhartha blieb bei dem Fährmann und lernte das Boot bedienen, und wenn nichts an der Fähre zu tun war, arbeitete er mit Vasudeva im Reisfelde, sammelte Holz, pflückte die Fruchte der Pisangbäume. Er lernte ein Ruder zimmern, und lernte das Boot ausbessern, und Körbe flechten, und war fröhlich über alles, was er lernte, und die Tage und Monate liefen schnell hinweg. Mehr aber, als Vasudeva ihn lehren konnte, lehrte ihn der Fluß.

제10장에서 싯다르타는 강에서 생명의 소리, 존재의 소리, 영원히 생성하는 단일성의 소리를 듣는다. 그리고 차츰 싯다르타는 바수데바와 이심전심(以心傳心)의 상황을 체험하게 된다.

종종 그들은 저녁에 강변 나무줄기 위에 같이 앉아, 묵묵히 물소리를 귀 기울여 들었는데, 그것은 물소리가 아니었고, 생명의 소리, 존재의 소리며, 영원히 생성하는 소리였다. 그리고 때때로 그들은 물소리를 듣고 있으면 똑같은 것을 생각할 때가 있었다. 며칠 전에 나누었던 대화를, 그 얼굴과 운명이 잊혀 지지 않는 여행자의 한 사람을, 죽음을, 그들의 어린 시절을 생각하고 있을 때가 더러 있었다. 그리고 또한 강물이 그들에게 어떤 좋은 말을 들려줄 때, 두 사람은 똑같이 같은 것을 생각하며, 같은 물음에 대한 같은 대답에 행복을 느끼며 서로 얼굴을 마주 보곤 했다.[137]

---

136) WA 5, S.435~436.
137) WA 5, S.437.

Oft saßen sie am Abend gemeinsam beim Ufer auf dem Baumstamm, schwiegen und hörten beide dem Wasser zu, welches für sie kein Wasser war, sondern die Stimme des Lebens, die Stimme des seienden, des ewig Werdenden. und es geschah zuweilen, daß beide beim Anbören des Flusses an dieselben Dinge dachten, an ein Gerspräch von vorgestern, an einen ihrer Reisenden, dessen Gesicht und Schicksal sie beschäftigte, an den Tod, an ihre Kindheit, und daß sie beide im selben Augenblick, wenn der Fluß ihnen etwas Gutes gesagt hatte, einander anblickten, beide genau dasselbe denkend, beide beglückt über dieselbe Antwort auf dieselbe Frage.

싯다르타는 마음으로 단일성을 강에서 느끼며 바수데바와 같이 단일성의 화신이 되어 가고 있음을 싯다르타와 바수데바의 대화 속에서 파악할 수 있다.

그래요, 바수데바(Vasudeva), 나는 여기 앉아 홀로 강물소리를 듣고 있었소. 강은 나에게 여러 가지 이야기를 속삭였소. 실제로 유용한 단일사상으로 내 마음을 가득 채워 주었소.[138]

Nein, Vasudeva, Ich saß hier, ich hörte dem Flusse zu. Viel hat er mir gesagt, tief hat er mich mit dem heilsamen Gedanken erfüllt, mit dem Gedanken der Einheit.

헤르만 헤세의 『싯다르타』는 모두 진아(眞我)를 찾기 위해 구도의 길을 떠난 고행자의 이야기를 다룬 작품이다. 이미 유년기에 신학원에서 목사가 되기 위한 성직자로서의 예비 교양 교육을 받았던 헤세 역시 유년기의 신학적 경험과 그 후의 불교사상과의 접목을 통하여 새롭게 획득한 자아성찰의 침전물을 싯다르타에서 펼쳐 보이고 있다.

---

138) WA 5, S.443.

불교의 사문의 세계에 들어갔지만 불교의 교리가 지니고 있는 한계를 인식하고 직접 욕망의 세계 속에서 인생의 기쁨과 고통을 체험하는 자신의 속된 욕망의 세계, 헤세의 『싯다르타』의 경우 주인공 싯다르타가 애욕과 물욕으로 인하여 방랑의 여행에서 겪어야 하는 시련의 과정을 입사단계로 볼 수 있다. 싯다르타는 삼라만상의 현상에서 변화하는 듯하면서도 변화하지 않는 단일성에 대한 각성을 통해 도가적 인간상으로 변신되는 과정으로 해석할 수 있다. 헤세의 『싯다르타』의 경우 주인공 싯다르타는 흐르는 강에서 단일성을 상징하는 <옴(OM)>의 소리를 들으면서 단일성을 깨닫는 도가적인 인간으로 볼 수 있다.

다음에는 싯다르타가 마음으로 단일성(單一性)을 강에서 느끼며 바수데바와 같이 단일성의 화신이 되어 가고 있음을 다음 싯다르타와 바수데바의 대화 속에서 파악할 수 있다.

> Nein, Vasudeva, Ich saß hier, ich hörte dem Flusse
> zu. Viel hat et mir gesagt, tief hat er mich mit dem heilsamen Gedanken
> erfüllt, mit dem Gedanken der Einheit.[139]

> 그래요, 바수데바, 나는 여기 앉아 홀로 강물소리를 듣고 있었소.
> 강은 나에게 여러 가지 이야기를 속삭였소, 실제로 유용한 단일사
> 상(單一思想)으로. 내 마음을 가득 채워 주었소.

게하르트 마이어(Gerhart Mayer)는 그의 저서 「헤르만 헤세의 작품에 나타난 아시아 종교와 기독교의 만남(Die Begegnung des Christentums mit den asiatischen ReIigionen im Werk Hermann Hesse)」에서 헤세는 싯

---

139) Ebenda, S.443.

다르타 작품에서 주인공 싯다르타를 신성(神性)한 세계에 합일(合一)
하기까지 영원의 신비적 상승으로서 보았으며 헤세 자신도 단일성(單
一生)에 대한 신앙(信仰)을 지니고 있었다고 지적하고 있다.[140] 결국
헤세는 자신의 단일성에 대한 사상과 신앙을 본 작품의 주인공 싯다
르타(Siddhartha)와 바수데바(Vasudeva)를 통해서 상징적으로 나타내 보
이고 있다. 제11장에서 싯다르타(Siddhartha)는 바주데바(Vasudeva)와 같
이 단일성(單一性)의 세계(世界)에 완전히 귀의하여 마음의 평화(平和)
를 찾았음을 알 수 있다. 이와 같은 싯다르타는 성(聖)스러운 양(陽)의
세계(世界)와 속(俗)된 욕망(欲望)의 음(陰)의 세계를 단일성으로 인식하
는 단계에 도달된 것이다.

이와 같은 점에서 볼 때, 황진 교수는 상기한 저서에서 싯다르타
(Siddhartha)가 카말라(Kamala)의 죽음을 체험한 후에 그의 내면세계(自
我內面)에 주어진 두 대립세계(對立世界)와 감각 본능의 자아(自我)는
지양되고 다른 두 상반세계가 동일동등(同一同等)한 조화완성(調和完
成)된 길로 나아간다고 지적한 것은 위에서 상술한 점으로 미루어 보
아 그 타당성을 인정할 수 있다.[141]

3. 주인공 싯다르타의 교양목표(Bildungsziel)−도가적 인
간상

본절에서는 주인공 싯다르타의 궁극적 목표인 도가적 인간상에 대

---

140) Gerhart Mayer, *Die Begegeung des Christentums mit den asiatischen Religionen im Werk Hermann Hesses*, Ludwig Rohrscheid Verlag, Bonn 1956, S.49.

141) 황진, 헤르만 헤세의 생애와 문학사상, 계명대학교출판부, 1985, 257.

해 고찰해 보기로 한다. 본 작품의 주인공 싯다르타는 궁극적으로 도달한 경지는 그의 모습 속에서 마치 도인(道人)한테서 찾아볼 수 있는 순결성, 명랑성, 온화함 그리고 신성함을 다음 구절에서 인식할 수 있다.

> 다만 이 싯다르타(Siddhartha)에게서 성자(聖者)를 보는 것 같았다. 설사 그의 사상이 기묘하고 그의 말이 좀 어리석게 들리기는 하지만, 그의 눈동자와 손, 그의 피부와 머리, 그리고 그의 일체의 것은 숨결과 인식의 빛을, 명랑하고 온화함, 그리고 신성함을 풍기고 있다.

> Mag seine Lehre seltsam sein. mögen seine
> Worte närrisch klingen, sein Blick und seine Hand, seine
> Haut und sein Haar, alles an ihm strahlt eine Reinheit,
> strahlt eine Ruhe, strahlt eine Heiterkeit und Milde und
> Heiligkeit aus, welche ich an keinem anderen Menschen
> seit dem letztem Tode unseres crhabenen Lehrers geschen habe.[142]

다음에는 이미 앞서 언급했었던 도가적(道家的) 인간의 특징으로서 생(生)·사(死)를 초월하고 동시적(同時的)으로 인식하고 있다는 것과 또 싯다르타(Siddhartha)가 궁극적으로 터득한 생·사를 넘어선 동시적인 미소와 매우 깊은 관련성이 있음을 다음 구절에서 파악해 보기로 한다.

> 이리하여 고빈다(Govinda)는 보았다. 가면의 이 미소, 흐르는 그 위에 나부끼는 통일된 미소, 헤아릴 수 없는 생(生)·사(死)를 초월한 동시적인 미소, 싯다르타(Siddhartha)의 이 미소야말로 고빈다(Govinda)와 자신이 공경심을 갖고 우러러 본 불타(Gotama)의 미소와 꼭 같은 것이었다.
> Und, so sah Govinda, dies Lächeln der Maske, dies Lächeln der Einheit

---

142) Hermann Hesse, *Gesammelte Werke*, Bd. 5. a.a.O., S.468.

über den strömenden Gestaltungen, dies Lächeln der Gleichzeitig-keit über den tausend Geburten und Toden, dies Lächeln Siddharthas war genau dasselbe, war genau das gleiche, stille, feine, undurchdringliche, vielleicht gütige, vielleicht spöttische, weise, tausendfältige Lacheln Gotamas, des Buddha, wie er selbst es hundertmal mit Ehrfurcht gesehen hatte.[143]

상기 서술에서 나타낸 바와 같이 싯다르타가 결국 도달한 경지는 늘 변화하면서도 변화하지 않는 원리의 세계인 것이며 싯다르타 자신도 그와 같은 진리를 깨달은 도가적 인간이 되었음을 인식할 수 있다.

> 그 얼굴은 지금은 모든 자태, 모든 생사(生死), 모든 존재의 무대였지만, 그 밑에는 천태만상(千態萬象)의 깊은 신비로움이 막을 내렸을 때 변화 없는 바로 그대로였다.
> 그는 가만히 미소 지었다. 매우 부드럽게 매우 품위 있게 매우 조소하는 듯. 완성자(完成者)가 그러하듯이 그대로 미소 지었다.

> Das Antlitz war unverändert, nachdem unter seiner
> Oberfläche die Tiefe der Tausendfältigkeit sich wieder
> geschlossen hatte, er lächelte still, lachelte leise und sanft, vielleicht sehr gütig,
> vielleicht sehr spottisch, genau, wie er gelächelt hatte, der Erhabene.[144]

게하르트 마이어(Gerhart Mayer)는 상기한 그의 저서에서 노자의 도덕경(道德經)과 싯다르타의 작품에 나오는 다음과 같은 바수데바의 대화를 비교함으로써 무위적(無爲的)으로 살아가는 도가적 지혜(道家的智慧)를 지닌 도인(道人)의 이미지를 보여주고 있다고 지적하고 있다.[145]

---

143) Ebenda, S.470.

144) Ebenda, 470~471

145) Gerhart Mayer, a.a.O., S.77.
　　道德經 三十六章: 柔弱勝剛强(부드러움은 강함을 이기고, 약함은 강함을 이긴다.)
　　Das Weiche gewinnt es über das Harte, das Schwäche überwindet das Starke.

연한 것이 보다 강한 것이며, 물이 바위보다 사랑이 힘보다도 강하
다는 것을 그대는 알고 있지요.

Du weißt, daß Weich stärker ist als Hart, Wasser
stärker als Fels, Liebe stärker als Gewalt.

결론적으로 夏瑞春(Adrian Hsia)가 그의 저서 『헤르만 헤세와 중국
(Hermann Hesse und China)』에서 싯다르타가 궁극적으로 추구하는 경
지는 불교적 옷을 입는 불자(佛子)가 아니라, 자연과 하나가 되는 도
가적 인간임을 지적한 것[146]은 매우 타당성을 인정하지 않을 수 없다.

헤세가 1922년 11월 27일자 쉬테판 츠바이크(Stefan Zweig)의 「형제
의 눈(Die Augen des Bruders)」을 읽고서 그에게 말한 다음과 같은 고백
을 통해서 싯다르타가 추구한 궁극적 목표가 도가적 인간상임을 재인
식할 수 있다.

내가 말하는 성인은 인도 옷을 입고 있으나 지혜는 고타마(Gotama)
보다는 도덕경의 노자에 가깝다. 노자의 사상은 역설적인 의미가 있
는 것으로 이해되고 있으며 양극적(兩極的)이며 노자의 샘에서 나는
종종 물을 마시고 산다.[147]

---

146) Vgl. Adrian Hsia: *Hermann Hesse und China.* a.a.O., S.237.
147) Vgl. Ebenda, S. 237.

4. 헤세의 도가적 세계상과 그 신낭만주의적 의미

4.1. 신낭만주의의 개념

　신낭만주의라는 개념은 헤르만 바아(Hermann Bahr)에 의해서 '자연주의 극복'이라는 기치 아래 등장한 개념으로서, 문자 그대로 과거의 낭만주의에로의 사실과 문제에 관심을 두기 이전에 과거의 역사에로 눈을 돌린다. 말하자면 기독교 이전의 고대 기독교적인 중세, 르네상스 그리고 동양 등에 관대한 시대적인 영역을 포함하고 있다. 이성주의로부터 탈피와 동시에 독일 낭만주의에서 선호하였고, 문학형식, 주제, 모티브 쪽으로 방향 전환이 이루어져 꿈, 동화 그리고 전설이 반영된 문학이 활발해졌다. 초기 청년 운동의 목표로 삼았던 시민사회로부터의 탈출이라는 현실도피적인 특성을 지니고 있기도 하다.[148]

　독일 낭만주의는 중세에 대한 동경, 독일 민족에 대한 애국심, 그리고 먼 세계에 대한 동경을 기본 기조로 하고 있다. 그 중에서도 신낭만주의는 먼 세계에 대한 동경으로서 이국적인 세계인 인도 그리고 중국을 소재로 작품화하였다. 특히 앞서 언급한 독일의 낭만주의의 특징 중에서도 먼 세계에 대한 동경이라는 기본 정신을 계승한 신낭만주의는 미학적 도피주의, 지역주의적 도피주의 그리고 이국적 도피주의라는 세 가지 방향으로 발전시킨 것으로 이해할 수 있다.

　그 중에서도 미학적 도피주의는 예술적인 천국 세계를 동경하는 도피의 특성을 지니며, 그 시대의 지배적인 주제이기도 했다. 전형적인 낭만

---

148) Vgl. Dieter Borchmeyer und Viktor Žmegač(Hrsg.), *Moderne Literatur in Grundbegriffen*, Frankfurt a. M. Athenäum, 1987 S.292.

주의자인 노발리스(Novalis)가 '내면에로의 길은 신비스러운 길로 통한다' 라고 주장한 바 있는 내면의 세계, 자아에 대한 내면에로의 길과 그와 동시에 자아숭배문화라고 할 수 있고, 예술가와 사회가 필요로 하는 분 리됨을 결합하는 것으로 이해된다.[149] 부테노브(R. R. Wuthenow)는 신낭 만주의를 '내적인 시민적인 방황'으로서, '비정치적인 미학주의' 현상으 로서 이해했으며, 사회의 변화에 대해서 전혀 관심을 두지 않고 오직 자 기 자신의 미학적인 세계에로 되돌아가야 할 세계로 보았다. 토마스 만 (Thomas Mann)은 미학적인 도피주의에 대해서 본래 예술가라는 존재는 의식적 금욕주의자이며, 사회의 아웃사이더로서 규정을 내리고 있으며, 현실 세계의 고립 속에서 실존적인 고독감을 느끼고 살아가기 때문에, 정치적인 참여나 정치적인 활동에 대해서 무시하는 경향이 있다.[150]

또 하나는 지역주의적 도피주의로, 빌헬름 시대의 사회 현실에 대 한 불만과 실제 주어진 상황에 대한 거부로 나타나고 있다. 주어진 정치사회적인 제반 조건으로부터 독립하여 개인의 예술가적 잠재력 을 개발하여 완성할 수 있다는 가능성을 확고히 믿고 있다.

4.2 헤세의 도가적 세계상과 그 신낭만주의적 의미

1900년대의 빌헬름 시대에 불만을 느끼고 있었던 신낭만주의자들 이 먼 세계의 이국적 도피주의에 관심을 가진 것은 당연한 일이다. 대 부분의 낭만주의자는 이상화된 고대나 지역적으로 유럽과는 전혀 다 른 먼 세계, 새롭고 신비에 찬 이국적인 세계에로 도피하고자 하는 충

---

149) Vgl. Reinhild Schwede, *Wihelmische Neuromantik Flucht oder Zuflucht?*, Athenäum 1987. S.27.
150) Ibid., S.28.

동이 일지 않을 수 없었다. 이 세계는 예사롭지 않은 공상적이며 동화적인 영감을 받을 수 있는 낭만적으로 이상화된 이탈리아나 동양과 같은 세계인 것이다.[151] 이와 같은 이국적 도피주의의 세계가 잘 반영된 독일 신낭만주의자들 가운데 가장 동양과 인연이 깊었던 헤르만 헤세 (Hermann Hesse)의 문학작품에 반영된 도가적 세계상과 신낭만주의의 영혼적 도피주의와 관련해서 살펴보기로 한다. 헤세는 후고 발 (Hugo Ball) 이 지적한 바대로 <20세기 최후의 낭만주의자>[152]로서 노발리스의 낭만주의 정신을 계승한 작가이다. 헤세는 신낭만주의의 영혼적 도피주의를 문학적으로 형상화함에 있어서 동양의 신비주의 사상을 과감히 활용하고 있음을 알 수 있다. 특히 그의 중기 작품에는 이러한 정신이 짙게 깔려 있다. 헤세는 동양적인 신비스런 내면의 도를 수용하여 전후의 유럽의 어두운 시대를 극복하기 위한 시도로서 영혼적 도피주의를 지향하는 낭만주의 소설을 창작하였다. 독일계 중국학자인 하이델베르크 대학교교수 귄터 데봉 (Günther Debon)도 그의 저서 『독일 낭만주의 속에서의 도가사상 (Daoistisches Denken in der deutschen Romantik)』[153]에서 도가사상과 낭만주의 사이에 공통점이 있으며 마르틴 부버와 리하르트 빌헬름의 중국고전 번역작품을 통해서 동양의 지혜에 깊게 감동을 받아서 작품에 반영한 낭만주의 후계

---

151) Ebenda. S. 31

152) Vgl. Lotte Köhler, *Herman Hesse*. In : *Deutsche der Moderne, ihr Leben und Werk*. Hrsg. von Wiese. Berlin. 1969. S. 118

153) Vgl. Günther Debon, Daostisches Denken in der deutschen Romantik. Verlag Brigitte Gunderjahr. Heidelberg 1993. S. 15 [Den Romantikern war somit der Daoismus unbekannt. Welche Wirkung eine Vertrautheit mit ihm gehabt hätte, ist kaum auzuschätzen: denn Berührungspunkte und Übereinstimmungen gab es zwischen beiden Denkrichtungen genug. Das beweist Hermann Hesse, der wohl bedutendste Nachfahr der Romantik, der von den Übersetzungen Martin Bubers und Richard Wilhelms zutiefst berührt worden ist.]

자로 헤르만 헤세를 지적하고 있다. 헤르만 헤세가 동양사상 중에서
도 불교사상과 도가사상이 가장 많이 드러난 작품이 『싯다르타』이다.
그의 소설 『싯다르타』에 등장하는 주인공 싯다르타는 그의 친구 고타
마(Gotama)와 함께 사문의 세계에 입문하였다. 그러나 싯다르타는 말
씀으로는 득도(得道)의 세계에 도달할 수 없다는 한계를 느끼게된다.
그는 속세와 물욕의 세계에서 벗어나 강에 이르러서 흘러가는 강물을
보고서야 비로소 자연과 같이 노니는 도가적 세계관을 깨닫게된다.
결국 마지막 단계에서 싯다르타는 그가 도달해야 할 궁극적인 목표,
즉 자연과 합일되는 도가적 세계에 이르렀음을 인식하게 된다.[154] 또
한 헤세는 이러한 도가사상에서 유럽의 몰락을 구원할 수 있는 정신적
도피처를 찾았으며, 이는 독일 신낭만주의가 추구하는 영혼적·이국
적인 도피주의적 이념과도 상통하는 바가 있다고 보여진다.

제2절 헤세의 작품 『클링조어의 마지막 여름』과 『유리알 유희』 속의 동양적 인간상과 표현주의적 새로운 인간상

본 2절에서는 헤르만 헤세(Hermann Hesse)에 있어서 상기한 두 작
품에 나타난 동양 수용과 그 표현주의적 의미를 규명한다. 이와 같은
관점에서의 본격적인 연구의 성과가 거의 없는 상태지만 다만 베른
하르트 가예크(Bernhard Gajek) 교수와 잉그리트 쉬스터(Ingrid Schuster)
교수가 이 방향에서 부분적으로 그들의 논문에서 연구의 가능성을

---

154) 졸고 「Goethe 와 Hesse 文學에 나타난 中國受客比較研究」, 고려대학교대학원 박사학위논문. 1988.
S. 64 - 73

암시해준 바 있다. 1977년도 국제 헤르만 헤세 심포지엄에서 처음으로 그의 논문「헤세와 표현주의와의 상관성에 대해서」155)에서 헤세와 표현주의에 대해서 연구된 결과를 제시한 바 있다. 또한 잉그리트 쉬스트 교수는 신 취리히 신문에 실린 논문에서「중국옷을 입은 새로운 인간」156)이라는 제목으로 브레히트(Brecht), 카프카(Kafka), 되블린, 호프만슈타알(Hofmannsthal), 루빈너(Lubiner) 그리고 헤세(Hesse)와 같은 현대 작가들과 관련하여 중국적 인간상과 새로운 표현주의 인간형과의 관련성에 학문적 관심을 불러일으킨 바 있다. 상기 한 두 교수의 논문은 필자로 하여금 이 분야에 대해 심도 있게 연구할 수 있는 가능성을 열어 주었다고 볼 수 있다.

제1차 세계대전 후 어두운 시대 상황에서 표현주의의 유토피아로써 궁극적 목표로 삼고 있는 새로운 인간상과 관련하여 표현주의의 일반적 경향을 다루고 나서 표현주의자들의 동양지향주의를 표현주의의 유토피아의 관점에서 고찰하려고 한다.

헤세와 동양 수용과 표현주의와의 관련성을 살펴 보고자 한다. 양 작가의 동양에 대한 특별한 관심이 그 당시 부조한 시대상황 속에서 사회를 개혁하고자 하는 표현주의적 의지와 어떠한 상관이 있는지를 중심으로 고찰하고자 한다.

또한 헤세의 작품『클링조어의 마지막 여름』과『유리알유희』속에 보인 동양적 인간상과 표현주의적 새로운 인간상과 어떠한 관련성을 지니고 있는지를 더욱 깊이 탐구하고자 한다.

---

155) Vgl. Berhard Gajek, Hermann Hesse Verhältnis zum Expressionismus. In: Internationales Hermann Hesse Symposium 1977.

156) Vgl. Ingrid Schuster, Der neue Mensch in chinesischem Gewand. In: Neue züricher Zeitung, Literatur und Kunst, Sonntag 21 nov. 1971.

1. 독일 표현주의에 있어서 동양지향주의

제1차 세계대전 이후 표현주의 문학 속에서 자주 아세아 모티브와 요소를 찾아 볼 수 있으며, 전쟁으로 인한 공포스러운 체험을 통해서 영적인 체험을 한 자에게 관심을 돌리며 영혼의 체험을 표현주의 작가들은 그들의 작품 속에 반영하고 있다.[157] 전후의 표현주의 작가들은 슈펭글러식의 서구몰락의 분위기에 빠져 있었으며 인도와 중국적 주제에 관심을 두고서 그들의 작품 속에 수용하게 된다. 잉게보르그 솔프리히는 그의 논문 「표현주의에 나타난 동양지향성」에서 독일식 낭만주의와 표현주의에 있어서 동양지향적 문학을 크라분트의 동시대 작가들 속에서 찾아볼 수 있다고 언급하고 크라분트의 동양지향성을 표현주의와 관련해서 논하고 있다.[158]

다음과 같은 표현주의적 영혼주의를 지향하는 작가들은 동양적 소재와 사상을 그들의 작품 속에 수용하였다. 프란츠 베르펠은 『거울인간』의 무대를 상상의 동양으로 설정하고 있으며, 조셉 빈클러의 『천년지복의 성지순례자』(1923)에서 주인공은 얼음같이 차가운 불교적 금욕주의를 마지막 입장으로 취하고 있다. 이와 같은 유사한 작품경향을 띠고 있는 작가와 작품으로는 테오도르 도이블러의 『북극광』(1910), 알브레히트 쉐퍼 『연꽃 속의 보물』(1923)을 들 수 있다. 특히 표현주의 작가들은 인도문학과 중국문학, 동양종교에 관한 서적들이 번역되어 나온 이후로 동양문화를 그들의 작품 속에 깊게 수용하게

---

157) Vgl. Hae-in Hwang: *Ostasiatische Anschauung in der deutschen Literatur des 20. Jahrhunderts*, Diss. Bonn 1979, S.27.

158) Vgl. Ingeborg H. Solbrig, Literarischer Orientalismus im Expressionismus. Der Mohammed Roman Klabunds. In: Im Dialog mit der Moderne, S.246-247.

된다. 루드비히 루빈너는 아세아주의와 인도주의에 관심을 두기 시작했다.[159] 표현주의 문학 속에서도 그와 같은 아세아에 대한 관심의 동향을 인식할 수 있다. 게오르크 하임은 새로운 종교를 시도하고 있으며 오스칼 로에르케는 불교에 영감을 받아 되블린의 입장에 접근하고 있다.[160] 되블린에게 모범되는 작가로서 도스토예프스키, 쉬트린트벨르크를 열거할 수 있지만, 특히 되블린의 표현주의 작품 『왕룬의 세 도약』 속에 동양에 도가사상을 작품의 기조사상으로 수용하고 있으며 동양적 인간상을 형성하고 있다. 이에 못지않게 그에게 영향을 주었던 사상으로 노자, 장자, 열자의 도교사상과 공자의 유교사상을 들 수 있다.

쉬투이버는 그의 저서 『현대철학의 관점에서 본 독일 표현주의 문학』에서 "표현주의는 동양의 정신에 일반적으로 관심을 두고 있으며 세계대전으로 야기되었던 동양에 대한 관심은 리버르트와 같이 동양에 대한 정신적 작업에서 오는 미학적 혹은 지적 희열에서가 아니라 직접적 형이상학적 요구에서 기인한다"[161]라고 지적한 바 있다. 독일 표현주의자와 동양인의 공통점은 절대적인 세계 속에서 만족을 찾는 데 있다. 울리히 폰 펠버르트는 그의 박사학위논문 「충격과 모범으로서 중국과 일본」에서 "새로운 인간상은 현대적 실험형식 속에서 인간과 세계를 이념적으로 갱신하려는 특징을 지니며, 사회적 조화와 정의감을 동경함으로써 융화적 집단체험과 자연과 인간이 하나가 되

---

159) Vgl. Wolfgang Reif, *Zivilisationsflucht und literarische Wunschträume. Der exotische Roman im ersten Viertel des 20 Jahrhunderts*, Stuttgart 1975, S.116~117.

160) Vgl. Ebenda. S.102~103.

161) Wilhelm Stuyver: *Deutsche expressionistische Dichtung im Lichte der Philosophie der Gegenwart*, Diss. Amsterdam 1939, S.46.

는 도가적 세계를 추구 한다"[162]라고 지적하고 있다. 지금까지 고찰해 온 동양지향적 표현주의 문학의 경향은 세계대전으로 인한 기존 서구전통에 대한 회의 속에서 병폐된 유럽인들에게 새로운 희망의 유토피아로써 새로운 인간상과 세계상을 작품 속에 부각시키기 위해서 일어난 현상이라고 할 수 있다.

2. 헤세의 표현주의와 동양 관련성

헤세와 표현주의와의 관계는 그가 피력한 바 있는 그의 표현주의론과 관련하여 살펴보기로 한다. 헤르만 헤세는 표현주의 잡지 「신평론(Die neue Rundschau)」속에서 1918년 1권에 다음과 같이 표현주의를 정의하고 있다.

> 나는 표현주의를 예술이 나를 심오하고 웅대하게 부르는 어느 곳에서나 느끼고 있다. 왜냐하면 나의 개인적 신학과 신화 속에서 표현주의라고 칭하는 것은 시원적 고향을 상기시키며, 우주적 세계를 울리게 하는 일, 시대를 초월한 세계감정, 개별인간과 세계 사이에 서정적으로 대화를 나누는 일, 자기 자신의 고백과 자기 자신의 체험을 잘 알려진 비유로써 표현하는 것이다.[163]

표현주의 문학에서는 인간의 시원적 고향을 생각케 하며 우주적

---

162) Ulrich von Felbert: *China und Japan als Impuls und Exempl,* Fernöstl Idee u. Motive bei Alfred Döblin, Bertolt Brecht u, Egon Erwin Kisch. Peter Lang. Frankfurt am Main 1986, S.28.

163) Hermann Hesse: Zu Expressionsmus in der Dichtung. In: Paul Pörtner: Literatur— Revolution 1920~1925. Dokumente. Manifeste, Programme. Hermann. Luchterhand Verlag. 1961, S.256. [Und auch ich sehe ≪Expressionismus≫ überall da, wo Kunst mich tief und groß anruft. Denn für mich in meiner ganzen privaten Theologie und Mythologie, nenne ich Expressionismus das Erklingen des Kosmischen, die Erinnerung an Urheimat, das Zeitlose Weltgefühl, das lyrische Reden des einzelen mit der Welt, das Sichselbstbekennen und Sichselbsterleben in beliebigem Gleichnis.]

세계를 울려 퍼지게 하며 초시대적 세계를 느끼며, 인간과 세계 사이에서 시적 대화를 나누는 것이며 자기 자신의 고백과 체험을 잘 아는 비유로써 표현하는 문학이라고 정의하고 있다. 이것은 바로 헤세문학의 동양적 신비주의 사상의 영향에서 우러나온 도가적 세계관의 표현과 일맥상통한다고 볼 수 있다.

아르님 알놀트는 이와 같은 헤세의 「표현주의론」에서 헤세의 창작 속에서도 표현주의적 구성요소를 인식할 수 있다고 지적하고 있다.[164] 또한 볼프강 파울센도 그의 저서 『독일 표현주의 문학론』 속에서 헤세가 망명객으로써 스위스에 체류 중에 있을 때, 평화주의자로서 활동했으며 폭넓은 문학활동 속에서 표현주의에 접근하고 있음을 지적하고 있다.[165]

헤세는 제1차 세계대전 이후에 평화주의자로서 가담했으며 문학의 형식을 통해서 지성적 휴머니스트로서 시대의 고민을 외면하지 않고 시대의 병폐를 직시하고 적극적으로 사회에 참여하는 작가임을 재인식할 수 있다. 1910년 이후로 헤세는 병든 유럽을 개혁할 수 있는 지혜를 동양에서 찾기 시작한다. 주로 헤세는 동양 사상을 그 당시 중국학자인 리하르트 빌헬름과 동양학자이며 그의 외사촌인 빌헬름 군더르트가 번역한 동양 사상과 문학을 접하게 된다. 그는 그의 작품에 재창조할 정도로 특히 중국 문학과 사상에 대한 완벽할 정도로 이해가 되어 있었다. 헤세가 전쟁을 체험하는 동안에, 그는 공자의 지혜를 상기하게 된다. 그는 공자의 저서 『논어』를 가장 중요한 서적으로 평

---

164) Armin Arnold: *Die Literatur des Expressionismus, sprachliche und thematische Quellen*. Kohl Fammer Verlag. Stuttgart: Berlin, Mainz 1966, S.75.

165) Wolgang Paulsen: *Deutsche Literatur des Expressionismus*, Peter Lang, Berlin, Frankfurt am Main, New york 1983, S.44.

가하고 있다.

나는 세계 대전을 목격하고, 세계를 정복하려고 하고, 세계를 완벽하게 만들려고 하는 사람들의 목소리를 듣는 동안에 공자의 논어를 상기하게 된다.[166]

그는 공포스럽고 혼란된 사회를 바로 잡을 수 있는 길을 찾을 수 있었다. 그는 공자를 중국의 전형적 철학자로서 보았다. 그는 공자를 체계적 인생철학을 지닌 윤리자로서 존경했다. 더불어 그는 도가사상과 주역을 탐구하기 시작했다. 그는 시대의 암울한 시대 상황을 목격하면서, 『도덕경』의 번역의 필요성을 다음과 같이 언급하고 있다.

이와 같이 위태로운 시대 상황 속에서 노자의 지혜를 유럽어로 번역한다는 것이 우리들에게 있어서 매우 중요하고 유일한 과제로 남아 있다.[167]

결국 헤세는 전후 유럽의 어두운 시대 상황에서 벗어나 부조리한 사회를 개혁하려는 표현주의적 의지를 가지고 새로운 구도의 지혜를 동양에서 찾고 있음을 파악할 수 있다.

---

166) Hermann Hesse, *Schriften zur Literatur* I. Suhrkamp Verlag, Frankfurt am Main, 1970, Bd.11, S.282 [Oft gedenke ich dieses (…) beim Betrachten der Welteignisse und bei den Ansprüchen derer, welche die Welt in den nächsten Jahren und Jahrzehnten zu regieren und perfekt zu machen im Sinn haben…]

167) Vgl. Adrian Hsia, *Hermann Hesse und China*, a.a.o., S.98.

3. 헤세의 작품 『클링조어의 마지막 여름』 속의 동양적 인간상과 새로운 인간상

3.1. 작품상에 동양 수용의 전주곡으로서 유럽의 몰락상

그의 소설 『클링조어의 마지막 여름』에서 첫 장 이후부터 전쟁을 치르고 나서 유럽이 처한 몰락상을 목격할 수 있다. 두 주인공 클링조어와 헤르만은 서정시를 통해서 중국의 당 왕조 시대에 이태백과 두보가 경험했었던 것처럼 암울한 시대의 패망하고 주취적인 세계를 형상화하고 있다.[168] 주인공 클링조어는 유럽의 몰락에 대한 예감을 하고 있으며 인생에 대한 염세적 세계관을 암시하고 있다. 어두운 도시의 몰락하는 분위기를 무서운 유령의 웃음 짓는 소리와 자칼의 황야에서 울부짖는 소리로 다음과 같이 표현하고 있다.

나는 당신들에게 계속성과 불멸성이 있는 것처럼 보이노라. 너희들 모두보다도 죽음의 공포를 더욱 느끼고 있는 가장 무상함을 느끼는 자요. 가장 신뢰할 수 없는 자요. 가장 비극적인 존재인 나요. 7월은 불태워 없어졌어요. 8월은 재빨리도 불태워졌소. 갑자기 이슬에 젖은 아침에 노란 잎사귀에서 거대한 유령이 오한에 떨고 있소. 갑자기 11월은 숲 위로 스쳐 지나갔다. 거대한 유령은 웃고 있소. 갑자기 우리의 마음이 얼어붙어 버렸소. 갑자기 애착을 둔 빨간 살이 뼈에서 떨어져 나오고 있소. 황야에서 자칼이 울부짖고 있소. [169]

---

168) Vgl. Hermann Hesse, *Gesammelte Werke*, Suhrkamp Verlag, Frankfurt am Main, 1970, Bd. 5, S.82, S.91, S.95, S.117.

169) Hermann Hesse, *Gesammelte Werke*, Bd. 5, a.a.O., S.326~327. [Ich tausche euch Dauer und Unsterblichkeit vor, ich, der vergänglichste der Unglaubigste, der Traurigste, der mehr als ihr alle an der Angst vor dem Tode leidet. Juli ist verbrannt, August wird schnell verbannt sein, plötzlich fröstelt uns aus gelbem Laub am betauten Morgen das große Gespenst entgegen. Plötzlich fegt November über den Wald. Plötzlich lacht das große Gespenst, plötzlich friert uns das Herz, plötzlich fällt uns das

예감력을 지닌 아르메니안 점성가는 어두운 구름은 클링조어의 별 자리를 향하여 오고 있음을 나타내고 있다.

> 그대의 별이 혼란스럽군요. 친구여! 당신만은 그와 같은 별자리의 의미를 해독할 수 있을 것이오. 파열하려는 구름처럼 공포스러움으로 둘러싸여 있소. 클링조어여! 그대의 별은 예사롭지가 않소. 당신은 그것을 느껴야 할 것이오.[170]

클링조어는 중국의 음악 Tse-Tse을 들으면서 몰락하는 유럽을 예감하고 있다. 헤세의 몰락하는 음악은 중국의 'Tsing-Tse'이라는 중국 음악에서 유래한 것이다. 클링조어의 다음의 고백을 통해서 우리는 이러한 몰락하는 음악은 상기한 중국 음악에서 암시를 받았음을 이해할 수 있다.

> 나는 단 하나만을 믿고 있다. 몰락에 대한 신앙만을 가지고 있다. 우리들은 몰락하고 있다. 우리는 죽어야 한다. 우리는 재차 탄생해야 한다. 우리들을 위한 위대한 전환이 시작되었다. 우리 옛 유럽의 모든 것은 죽었다. 우리에게 훌륭하고 독창적이며 아름다운 이성은 의미 없는 것으로 되어 버렸으며, 우리들의 기계는 쏘는 도구요 폭발시키는 도구로 되었다. 우리의 예술은 자살한 것이다. 우리는 몰락하고 있다. (…) 그래서 확실한 것은 Tsing Tes음을 듣고 있다는 사실이다. [171]

---

liebe rosige Fleisch von den Knochen, in der Wüste heult der Schakal, heiser singt sein verfluchtes Lied der Aasgeier.]

170) Ebenda, S.328. [Ihre Sterne stehen verwirrt, Freund, nur Sie selbst können sie deuten, Fruchtbarkeit umgibt Sie wie eine Wolke, die nahe am Bersten ist. Seltsam stehen Ihre Sterne, Klingsor, Sie müssen es fühlen.]

171) Hermann Hesse, *Gesammelte Werke*, Bd. 5. a.a.O., S.329~330. [Ich glaube nur an eines: an den Untergang. Wir stehen im Untergang, Wir alle müssen sterben, wir müssen wieder geboren werden, die große Wende ist für uns gekommen… Bei uns im alten Europa ist alles das gestorben, was bei uns gut und unser eigen war, unsere schöne Vernunft ist Irrsinn geworden, unsere Maschinen können bloß noch schließen und explodieren unsere Kunst ist Selbstmord. Wir gehen unter…, so ist

클링조어는 아르메니안 점성가를 통해서 유럽이 지난 2,000년 동안 세계의 우두머리라고 믿어왔던 신앙 그 자체가 몰락하고 있음을 암시하고 있다.

나는 2,000년 동안 유럽의 머리라고 신앙해 왔던 유럽에 대해서 말하고 있습니다. 이와 같이 유럽이 몰락해 가고 있습니다. 점성가인 그대는 내가 그대를 모르고 있다고 생각하고 계십니까? 그대는 동양에서 저한테 온 사신이지요. 탐정꾼일 수도 있고요, 가장한 장군일 수도 있지요. 그대는 여기에서 종말이 시작되기 때문에 여기에서 몰락을 예감하고 있기 때문에 그대는 여기에 있지요.[172]

클링조어는 아르메니안 점성가를 통해서 중국의 시인 이태백에 대한 새로운 이해를 하게 된다. 그는 그 시대의 몰락하는 음악을 들을 수 있는 위대한 예술가로써 인식되었다.

'그대는 위대한 예술가이지요?'라고 점성가는 클링조어에게 잔을 채우면서 속삭였다. '그대는 이 시대의 가장 위대한 예술가 중에 한 분이지요. 그대가 이태백이라고 자칭한 것은 맞는 얘기이지요. 그러나 추격을 받고 있으며 가련하고 고통에 찬 인간이지요. 그대는 몰락의 음악을 들었지요.'[173]

그와 같은 유럽 몰락의 처음 부분이 웃어대는 유령과 황야에서 울

---

es uns bestimmt, die Tonart Tsing Tse ist abgestimmt.]

172) Ebenda. S.330. [《Ich spreche von uns》, gab er Antwort, 《ich spreche von Europa, von unsrem alten Europa, das zweitausend Jahre lang das Gehirn der Welt zu sein glaubte. Dies geht unter. Meinst du, Magier, ich kenne dich nicht? Du bist ein Bote aus dem Osten, ein Bote auch an mich, vielleicht ein Spion, vielleicht ein verkleideter Feldherr. Du bist hier, weil hier das Ende beginnt, weil du hier Untergang witterst. Aber wir gehen gerne unter, du, wir sterben gerne, wir wehren uns nicht.》]

173) Ebenda. S.332. [《Du bist groβ er Künstler》, flüsterte der Sterndeuter Klingsor zu, indem er seine Tasse füllte. 《Du bist einer der gröβten Künstler dieser Zeit. Du hast das Recht, dich Li Tai Pe zu nennen. Aber du bist, Li Tai Pe du bist ein gehetzter, armer, ein gepeinigter und angstvoller Mensch. Du hast die Musik des Untergangs angestimmt》.]

부짖는 자칼로서 비유적으로 묘사되고 있다. 마지막 부분에서 클링조어는 아르메니아인으로부터 심각한 위기가 유럽에 도래하고 있음을 암시받고 있음을 언급하고 있다. 이와 같은 위기를 극복하는 과정이 중국 시인상과 관련하여 어떻게 나타나고 있는지를 살펴보기로 하자.

3.2. 유럽 몰락에 대한 극복으로서의 중국적 시인상

처음에 클링조어는 서구몰락을 극복하기 위해서 일차적으로 관능적 사랑의 유희를 통해서 시도하고 있음을 다음 구절에서 찾아볼 수 있다.

> 그는 수많은 여자를 사랑했다.[174]
> 클링조어는 미소를 지었으며 구부리고 있는 그녀를 열려진 강한 입에다 입맞춤을 하였으며 저항과 반항 사이에 타협하였으며 그녀는 고개를 흔들었으며 웃으면서 자유스럽게 벗어나도록 시도했다.[175]

점차적으로 이태백-클링조어가 두보-헤르만한테 보내는 다음과 같은 시 속에서 만취한 상태에 엄숙해 오는 죽음을 초연한 자세로 맞이하고 있는 모습을 인식할 수 있다.

> 밤이면 밤마다 바람이 지나가는 숲 속에 술 취해 앉아 있노라.
> 가을을 노래하는 가지를 갉아 먹었네.
> 나의 빈 잔을 채워 주기 위해

---

174) Ebenda, S.338. [Viel Frauen hatte er geliebt.]

175) Ebenda, S.340. [Er küßte sie, die sich lachend zurückbog, auf den offnen, starken Mund, zwischen Sträuben und Widerreden gab sie nach, küßte wieder, schüttelte den Kopf, lachte, suchte sich freizumachen.]

주인 나리는 중얼거리면 지하실로 뛰어가고 있네.
아침마다 그의 창백한 죽음을 베고 있노라.
그의 짤깍짤깍 소리 나는 큰 낫을 빨간 육체 속에
품고서 오랫동안 잠복하여
나는 누워있는 것을 아노라. 분노하는 적이여.
많은 것을 행하며 고통을 느꼈으며
오랜 방랑의 길에서 지금 이 저녁에 앉아 있노라.
그를 조롱하기 위해서 밤새도록 나는 노래하노라.
피곤한 숲 속에 만취한 노래를 부르고 있노라.
그의 위협을 비웃는 일이 나의 노래와 술에 취하는 이유이기에
마시며 괴롭게 기다리고 있노라.
번쩍이고 있는 낫이 내 머리를
경련하고 있는 심장으로부터 떨어지게 될 때까지.[176]

클링조어는 이와 같은 유럽의 몰락을 극복할 수 있는 지혜를 아세아인으로부터 몰락과 재생, 그리고 죽음과 탄생을 동일시하는 도가적 세계관 속에서 얻게 된다.

다음 클링조어의 말을 통해서 양극성, 즉 파우스트 동시에 카라마조프, 동물과 현인, 승리와 몰락, 삶과 죽음을 극복하는 모습을 볼 수 있다.

---

176) Ebenda, S.346. [Trunken sitz ich des Nachts im durchwechten Gehölz,
An den singenden Zweigen hat Herbst genagt;
Murmelnd läuft in den Keller,
Meine leere Flasche zu füllen, der Wirt
Morgen, morgen haut mir der bleiche Tod
Seine klirrende Sense ins rote Fleisch,
Lange schon auf der Lauer
Weiß ich ihn liegen, den grimmen Feind.
Ihn zu höhnen, sing ich die halbe Nacht,
Lalle mein trunkenes Lied in den müden Wald;
Seiner Drohung zu lachen
Ist meines Liedes und meines Trinkens Sinn.
Vieles tat und erlitt ich, Wandrer auf langem Weg,
Nun am Abend sitz ich, trinke und warte bang,
Bis die blitzende Sichel
Mir das Haupt vom zuckenden Herzen trennt.]

파우스트인 동시에 카라마조프이며 동물인 동시에 현인,[177]

지금, 공포와 저주, 승리와 몰락이 더 이상 없으며, 단지 앞으로 전
진, 혹평과 비꼼만이 존재한다. 그 자가 승리했으며 몰락했다. 고통
을 느꼈으며 웃음을 짓고 있었으며 죽이고 죽였으며, 낳고 태어났
다.[178]
모든 대립은 착오인 것이다. 하얗고 검은 것은 착오요.
죽음과 삶은 착오요, 선과 악도 착오인 것이다.[179]

또한 헤세의 작품 속에서도 표현주의적 정신세계와 체험을 보여
주고 있다.[180] 가예크 교수는 1977년도 국제 헤르만 헤세 학술 심포
지엄에서 「헤르만 헤세와 표현주의 관련성」이라는 제목하에 다음과
같이 지적하고 있다.[181]

헤세의 작품 속에서는 주인공 크눌프, 데미안, 싱클레어, 클링조어,
할리 하러 속에서 개혁의 이념을 기리고, 인과율의 법칙을 극복하
며 특히 싯다르타 작품 속에서는 부드러운 비유로서 인도 바가바
드기타와 중국의 도덕경에 나오는 이국적 상징을 나타내고 있음을
볼 수 있다.

앞서 언급한 가예크가 헤세의 상기 작품들 속에서 개혁 이념과 동
양적 지혜를 가지고 이국적 세계상을 표현하고 있음을 시사해준 점

---

177) Ebenda, S.348. [Faust zugleich und Karamasow, Tier und Weiser.]

178) Ebenda, S.351. [Nun gab es nicht Angst noch Flucht mehr, nur noch vorwärts, nur noch Hieb und
   Stich, Sieg und Untergang. Er siegte, und er ging unter, und litt und lachte und biβ sich durch,
   tötete und starb, gebar und wurde geboren.]

179) [Alle Gegensätze sind Täuschungen: Weiß und Schwarz ist Täuschung, Tod und Leben ist
   Täuschung, gut und böse ist Täuschung] Ebenda, S.330

180) Richard Sammuel and R. Ninton Thomas, *Expressionism in German life, Literatur and Theatre(1910~1920)*,
   Abert Saiter Philadephia, S.14.

181) Bernhard Gajek: 「Hermann Hesses Verhältnis zum Expressionismus」. In: Iiternationales Hermann
   Hesse Symposion. vom 13. bis 15. April 1977. S.4~6.

은 매우 주목할 만하다.

결론적으로 말하면 헤세는 서구의 몰락을 예감하면서 병들어 가는 인간성을 회복하고자 개혁의지를 가지고 강하고 슬기로운 인간상을 구상하였다고 볼 수 있다. 그것은 다름 아닌 20세기의 암울한 시대를 극복할 수 있는 새로운 인간상을 지금까지 도외시해왔던 동양적 인간상을 작품에 표현하였다고 볼 수 있다. 양 작가는 유럽의 위기를 극복하고 병든 유럽을 개혁할 수 있는 표현주의적 새로운 인간상으로서 과감하게 동양적 인간상을 제시한 것으로 이해할 수 있다.

4. 『유리알 유희』 작품 동양 수용과 표현주의적 의미

4.1. 유리알 유희 이념과 역리사상

괴펠 쉬판넬(Göppel Spane1)은 그의 논문 「영혼의 발전의 거울로서의 헤르만 헤세 작품(Hermann Hesses Werk als Spiegel seiner Seelenentwickelung)」에서 유리알 유희 이념을 다음과 같이 언급하고 있다.

> 온갖 상반되는 다양성에 관한 종합적이며 조화적 통일사상을 형성하고 있으며 정신과 세계, 정신과 지연의 양극성을 내보이며 여러 가지 색을 지닌 유리알로 놀이하는 이상을 통해서 예술과 학문의 통일을 현체로써 나타내 보일 뿐만 아니라 삶의 온갖 영역의 통일사상을 나타내고 있다.[182]

위에서 괴펠 쉬판넬(Göppel Spane1)이 지적한 바와 같이 모든 상반

---

[182] Göpert Spanel, *Hermann Hesses Werk als Spiegel seiner Seelenentwickelung*, a.a.O., S.268.

되는 세계를 종합적으로 조화적 통일사상을 이루고 있다는 것과 정신과 자연의 양극성을 보여 주고 있다는 말은 곧 역리사상에서 음(陰)과 양(陽)의 요소가 대극 속에 조화를 이루고 있는 것과 일맥상통한다고 본다. 중국계 독문학자 夏瑞春(Adrian Hsia)은 그의 논문「비교적 유리알 유희(das esoterische Glasperlenspiel)」에서 유리알 유희의 궁극적 목적을 항상 새로운 것을 만들어 내는 것이 아니라 서로 상이한 원리를 현존케 하면서 조화와 통일을 시키는 데 있다고 지적한 것[183]은 이 점에서 타당성을 지닌다고 본다.

이인웅 교수의 박사학위 논문「헤르만 헤세 작품 속의 동아시아관(Ostasiatische Anschauungen im Werk Hermann Hesses)」에서 완전한 유리알 유희라는 것은 음악적이거나 온갖 과학적이거나 명상적인 것만도, 경건한 종교적인 것만도 아닌 두 가지가 합쳐진 것이며 자기 자신 속에 모든 것이 조화를 이루고 있는 상태라고 지적하고 있다. 이와 같은 유리알 유희 이념은 중국고전을 연구함으로써 특히 역리사상을 깊게 탐구함으로써 조화로운 대우주적 질서에 따라서 정립되고 있다.[184] 두 유리알 유희와 역리 사상의 핵심내용이 되는 단일성(Einheit)과 조화(Harmonie)에 근본적으로 근거를 두고 있다는 점에서 상통하고 있다고 할 수 있다. 역리사상은 정신과 물질, 온갖 우주를 온갖 생명체에 포괄하고 있는 반면에 유리알 유희에서는 단일성을 추구하는 정신적 대우주를 설명하고 있으나 유리알 유희의 몰락에서 구원하는 길은 대립되는 세계를 순수한 단일성에로 이끌고 있는 것이다.[185]

183) Vgl. Materialien zu Hermann Hesse Glasperlenspiel, Bd. II, Suhrkamp Verlag, Frankfurt am Main, 1974, S.193.

184) Lee, Inn-Ung, *Ostasiatische Anschauungen im Werk Hermann Hesses* a.a.O., S.234.

185) Vgl. Mat. II, S.202.

헤세는 그의 작품 『유리알유회(Glasperlenpiel)』속에 주인공 크네히트(Knecht)을 통해서 유리알 유희 속에 역리체계를 도입할 수 있다는 가능성을 죽림에 있는 노형(Älterer Bruder)한테서 발견하게 된다.

유리알 유희의 내용 속에서 다음과 같이 역리사상의 음과 양의 세계 속에서 영원히 성스러운 것이 완성된다는 것을 언급하고 있다.

"숨은 들이쉬고 내쉬고, 하늘과 땅 그리고 음과 양이 한 번은 이리로 한 번은 저리로 왔다 갔다하는 가운데에 자발적으로 영원 속에 성스러운 것이 완성된다."[186]

夏瑞春(Adrian Hsia)가 유리알 유희는 역리의 변혁에 불과하다고 지적한 것은 이와 같은 점에서 매우 타당한 견해라고 본다.[187]

4.2 주인공 크네히트의 내면성숙과정과 역리사상

이와 같은 역리사상이 주인공 크네히트의 인간성숙 과정과 죽음에 어떻게 나타나고 있는지 살펴보기로 한다. 우선 이러한 변화의 원리를 지니고 있는 역경에 관한 얘기가 제3장 연구시대(Studienjahre)부터 『유리알 유희』작품 본문에 다음과 같이 나오고 있다.

가끔 몬테포르트에 머무르며 음악대가의 손님으로 머무른 적도 있고 음악사를 연습하는 일원으로 머무른 적도 있었다. 종교단체의 본거지인 히로슬란트에도 두 번 나타난 일이 있었다. '대수련'이라는 12일 동안의 단식과 명상에 참가하기 위해서였다. 후에 그는 특

---

186) WA. 9. S.124f.
187) Vgl. Mat. II. S.202.

별히 기뻐하며 그보다 특별한 애착을 가지고 죽림에 대해서 말했다. 그곳은 정다운 은둔자가 있는 곳이며 그가 역경을 연구한 곳이다. 그는 여기에서 결정적인 것을 배우고 체험했을 뿐 아니라 (…) 크네히트는 유명한 동아학관에서 중국어와 중국고전을 연구하기 시작했다.

"Häufig weilte er in Monteport, manchmal als Geist des Musikmeisters manchmal als Teilnehmer an einem musikgeschichtlichen Seminar. Zweimal finden wir ihn in Hirsland, dem Sitz der Ordensleitung, als Teilnehmer an der 『Großen Übung』, dem zwölftägigen Fasten und Meditieren. Mit besonderer Freude, ja Zärtlichkeit erzählte er später seinen Nächstem vom 『Bambusgehölz』, der lieblicen Eremitage, dem Schauplatz seiner I-Ging-Studien. Hier hat er nicht nur Entscheidenes gelernt und erlebt, (…) Knecht hatte das Studium der chinesischen Sprache und der Klassiker in dem berühmten ostasiatischen Lehrhaus begonnen."[188]

크네히트는 죽림에서 2년째부터 변화의 서, 역경에 대해서 지대한 관심을 갖기 시작했다. 변화의 서, 역경은 점을 칠 때 사용하는 효(爻)라는 기호의 집합이며 팔괘(八卦)는 천지 사이에 일어나는 변화의 이미지를 나타내며, 존재하는 사물에 관심[189]을 두는 것이 아니라 변화의 운동에 관심의 초점을 둔다. 육효(六爻)와 팔괘의 종합체 64괘는 대우주의 움직임과 변화를[190] 재생하며 죽대를 다루어 점을 치는 것은 융(C. G. Jung)의 말로 하면 인간 속에 내재해 있는 무의식이 능동적으로 표출된 것을 말한다. 크네히트는 변화의 서의 스승 노형(Älterer Bruder)한테 방문하여 우주법칙에 따라 인간 미래를 점치는 노형의 경건한 태도를 감명 깊게 관찰하면서 역경의 예언성을 신앙하게 된다.

---

188) Hermann Hesse, *Gesammelte Schriften*, Suhrkamp Verlag, Frankfurt am Main, 1970. Bd. 9. S.132.

189) Ebenda, S.132.(… als er im zweiten Jahr seines Aufenthaltes sich immer intenstver für das I Ging, das Buch der Wandlungen, zu interessiercn anfing.)

190) 重作實題, 衛禮賢譯解, 周易 I-Ching trans, Richard Wilhelm, S.208.

유리알 유희자들이 모임을 갖는 발트첼(Waldze1I)에서 크네히트는 유교적 지혜가 지배하는 정신국에서 생활이 시작된 것이다. 노형(老兄)이 점을 친 결과 산수몽괘(山水蒙卦)가 나온다. 위에는 산 간괘(艮卦 ☶), 밑에는 물(水) 감괘(坎卦 ☵)로 구성되어 있는 괘이다. 밑에서 솟아나는 샘물은 청년을 비유한 것이다. 노형은 다음과 같이 말한다.

> 청년의 어리석음이 성공을 보았다. 내가 어리석은 그 젊은이를 구하는 것이 아니라 그 어리석은 청년이 날 구한다. 첫 점으로 가르치는 것은 재삼 물으면 불길하고 불길하다면 나는 가르치지 않을 테니 참는 것이 좋으리라.

> Jugendtorheit hat Gelingen. Nicht Ich suche den jungen Toren. Der junge Tor sucht mich. Beim ersten Orakel gebe ich Auskunft. Fragt er mehrmals, ist es Belästigung. Wenn er belästigt, so gebe ich keine Auskunft. Förderd ist Beharrlichkeit.[191]

본 괘를 풀이하면, 크네히트는 몽매한 상태에 처해 있는 미성숙한 청년으로 역경에 통달한 노형의 제자로 택함을 받으며, 앞으로 크네히트는 하늘의 뜻대로 살 것과 순종의 미덕과 겸손한 마음으로 참고 견디면 성공한다는 좋은 징조가 보이는 괘이다. 크네히트는 미래의 운명을 점치며 예언하는 역경의 지혜를 배우게 된다. 노형한테서 받은 산수몽괘를 통해서 크네히트는 몽매한 상태에서 성인의 경지에 이르게 될 수 있다는 신념을 가지게 된다. 크네히트는 역경의 체계를 유리알 유희에 도입했으면 좋겠다고[192] 노형한테 얘기한다.

---

191) Hermann Hesse, *Gesammelte Werke*(GW) 9 Bde. Frankfurt/M./Suhrk amp, 1970. S.138.(참조: 易經의 山水蒙卦原文을 보면 다음과 같다)
　　(蒙亨匪我求同蒙 童蒙求我 初筮告 再三瀆 貞則不告 利貞)

192) WA 9. S.139: (Er wünsche es dahin zu bringen, dβ er im Stande wäre, das System des I-Ging

이 말을 듣고서 노형은 미소를 지으면서 다음과 같이 말한다.

> 그대는 아름답고 조그마한 죽림을 세계 속에 세우는 것을 보게 될
> 것이다. 그렇게 할 수 있다.

> (··· Du wirst sehen, einen hübschen kleinen Bambusgarten in die Welt
> hineinsetzen, das kann man schon.)[193]

크네히트는 역경의 체계를 유리알 유희 속에 도입할 수 있다는 가
능성을 암시 받는다. 크네히트는 죽림에 체류하면서 역경을 연구하면
서 얻은 지혜는 각성하는 정신이다. 크네히트는 분명히 자기가 처한
위치를 깨닫기 시작하면서 어린 시절의 소명의식에서 벗어나 젊은이
의 각성의 단계로 들어간다. 크네히트는 자의식이 커가면서 역경의
변화의 원리에 근거해서 우주적 질서에 따라서 살아가려고 한다. 바
로 이러한 생활태도는 동양의 성인답다고 할 수 있다. 크네히트는 결
국 그의 인간성숙의 제일단계를 넘어선 셈이다.

본문 제4장 두 종교단체(Zwei Orden)에서 여행을 떠나기 전에 점을
친 결과 화산여괘(火山旅卦)가 나온다. 본 괘는 여객을 의미하며, 밑에
는 산(山) 간괘(艮卦, ☶), 위에는 화(火), 이괘(離卦, ☲)로 구성되어 있
다. 크네히트는 몽매한 단계에서 벗어나 개성 있고, 특이한 운명에로
의 길로 들어서는 방랑하는 인간으로서 나타난다.

화산여괘(火山旅卦)의 판단은 다음과 같다.

> 부족한 것으로 만족하며 여객(旅客)은 그저 곧은 것을 지키면 길하리라

---

dem Glasperlenspiel einzubauen.)
193) WA9. S.139.

"Durch Kleinheit Gelingen. Dem Wanderer ist Beharrlichkeit von Heil."[194]

크네히트는 변화의 서인 역경을 통해서 다음과 같은 의미를 찾아낸다.

길을 떠난 방랑객이 숙소에 이르러 여비는 풍족하고 사환은 충실하다.

Der Wanderer kommt zur Herberge. Er hat seinen Besitz bei sich. Er erlangt eines jungen Dieners Beharrlichkeit.[195]

결국 역경의 판단에 따라서 크네히트는 마리엔펠스(Marienfe1s)의 친절한 환영을 받으며, 클롭스터(Klobster) 수도원은 그의 은둔처가 되며, 헤세가 주장하는 인간성숙의 제2단계에 들어섰음을 보여 주고 있다. 화산여괘의 두 번째 자리에서 양으로 변화가 일어나 화풍정괘(火風鼎卦)가 된다. 밑에는 풍(風), 익괘(翼卦, ☴), 위에는 화(火), 이괘(離卦, ☲)로 구성도 되어 있다. 화풍정괘의 판단은 다음과 같다.

이 솥은 대길(大吉)이요 성공(成功)을 뜻한다.

Der Tiegel, Erhabenes Heil, Gelingen.[196]

정괘(鼎卦)는 신에게 제물을 드리는 데 사용하는 도구를 의미하며 인간의 정신과 제물을 받쳐야 되는 것이다. 성인과 현자에 의해서 신성한 세계가 나타나며 하늘의 뜻, 천명을 겸손히 받아들일 때 마음의 광명과 참다운 세계를 이해할 수 있으며 큰 행운을 만나고 성공하는

---

194) WA 9. S.160.

195) WA 9. S.160. (易經의 原文을 보면 다음과 같다. 六二旅卽次 懷其資, 得童僕貞 象曰 得童僕貞 終僕尤他)

196) I Ging, Buch der Wandlungen, übersetzt und erläutert von Richard Wilhelm, Eugen Diederichs Verlag, Düsseldorf/ Köln, S.186.

길한 괘이다.

정괘(鼎卦)의 상(象)은 다음과 같이 해설된다.

> 나무 위에 불이 있다. 그것이 정괘의 상이다. 군자는 이 상괘를 보고
> 군주의 지위를 바르게 지켜 하늘의 명령이 자신에게 정착하게 한다.
>
> Über dem Holz ist Feuer: das Bild des Tiegels. So festigt der Edle durch
> Richtigmachung der Stellung das Schicksal.[197)]

크네히트는 하늘의 뜻을 겸손하게 받아들이며, 노형을 통해서 신성한 것을 인식하게 되며 세상을 보는 눈을 가지게 된다. 이러함으로써 결국 크네히트는 유리알 유희의 대가로서 성공할 수 있다는 확신을 가지게 된다. 크네히트의 인간성숙의 마지막 단계로써 화풍정괘(火風鼎卦)의 세 번째 자리에서 양효(陽爻)로 변화함으로써 괘의 마지막 괘인 화수미제(火水未濟)가 된다. 아래는 감괘(坎卦, 水, ☵), 위에는 이괘(離卦, 火, ☲)로 구성되어 있다. 본 괘의 판단을 보면 다음과 같다.

> 완성되기 전에 성공한다. 작은 여우가 강을 건너려 하여 거의 다
> 건너게 되는 순간에 꼬리를 적신다. 이것은 아직 난관에서 완전히
> 벗어나지 못한 채 약간의 좌절을 가져온 것을 의미한다. 만사가 순
> 조롭다고는 할 수 없다.
>
> Vor der Vollendung, Gelingen. Wenn aber der kleine Fuchs, Wenn er
> beinahe den Übergang vollendet hat, mit dem Schwanz ins Wasser
> kommt, dann ist nichts, das fördernd wäre..[198)]

---

197) Ebenda, S.233. (易經의 原文참조: 象曰 木上有火鼎 子以正位 凝命)
198) Ebenda, S.233. (易經의 原文참조: 未濟亨 小狐汔濟 濡其尾 无攸利)

본 괘의 판단에 따르면 외부의 상황이 매우 어려움에 봉착하게 될 것이니 조심하고 심사숙고하라는 경고의 의미를 지닌다. 크네히트는 인간성숙은 산수몽괘(山水蒙卦)에서부터 화수미제괘(火水未濟卦)까지 예언대로 이루어지고 있다. 크네히트는 8년이 지나고 나서야 처음으로 종교단체의 허가를 받고서 현실인 플리니오의 초대에 응한다. 플리니오는 크네히트한테 세상의 교육자로서 봉사하기 위해서 카스탈리엔을 떠날 것을 권한다. 크네히트는 플리니오의 요청과는 상관없이 그의 마음속에 이미 자기의 후계자로서 한 제자를 찾고 있음을 다음과 같은 그의 말을 통해서 알 수 있다.

> 나의 소원은 작은 것입니다. (⋯) 방 한 칸하고 매일 먹을 빵이 필요합니다. 무엇보다도 스승과 교육자로서의 일할 수 있는 사명감이 필요합니다. 나와 더불어 살며 영향을 줄 수 있는 제자가 필요합니다. 내가 찾으며 필요한 것은 나를 필요로 하는 인간이요. 소박하고 자연스런 사명입니다.

> Meine Bedürfnisse sind klein, (⋯) Ich brauche ein Zimmerchen und das tägliche Brot, vor allem aber eine Arbeit und Aufgabe als Lehrer und Erzieher, ich brauche einen oder einige Schüler und Zöglinge, mit denen ich lebe und auf die ich wirken kann, (⋯) was ich suche und brauche, ist eine einfache, natürliche Aufgabe, ein Mensch, der mich braucht[199]

크네히트는 봉사정신으로 그의 정신을 계승하여 발전시킬 수 있는 제자를 찾고 있다. 결국 크네히트는 플리니오의 아들 티토(Tito)를 교육시켜 달라는 요청을 기꺼이 수락한다. 티토의 좋은 성품을 인식하며, 소년으로서 정신면에서 미성숙한 상태에 있었음을 다음과 같은

---

199) WA 9. S.369.

구절에서 쉽게 알 수 있다.

> 그는 두 양친으로부터 좋은 성품을 이어받았다. 단지 이러한 성품
> 이 조화를 이루고 있지 못하다. 그의 마음속에 조화를 갈구하도록
> 작성시키며 강화하며, 마침내 의식화하는 것이 나의 사명이니라.
>
> Er hat (…) gute Gaben von beiden Eltern her, es fehlt nur die Harmonie dieser
> Kräfte. Das Verlangen nach dieser Harmonie in ihm zu wecken, viel mehr zu
> stärken und schließlich bewußt zu machen, wird meine Aufgabe sein.[200]

이러한 사명감을 가지고 크네히트는 티토(Tito)의 스승으로서 생활
이 시작된다. 유리알 유희, 제12장, 전설(die Legende)에서 산간호수의
주위 분위기, 차가운 아침에 산의 그늘 속에 어둠이 깔려 있는 낯선 세
계에 크네히트는 위축감을 느낀다. 그러한 것들은 크네히트에게는 "특
별히 의미있는 (sonderbar und bedeutungsvoll)"[201] 존재였으며 위력 있는
태양이 어두운 계곡을 비추면 생명력 있고 아름답게 변화하듯 티토
는 크네히트에게 의미 있는 특이한 존재요, 강한 인간으로 보인다. 티
토가 아침 차가운 호수 속에서 수영하자는 청에 이성적으로는 거절
하고 싶지만, 크네히트는 역경의 지혜에 따라서 믿음을 저버리지 않
은 마음으로 티토를 위해서 같이 수영하다가 죽는다. 이러한 크네히
트의 희생적 죽음은 항상 티토에게는 경고와 그를 교육시키기 위한
것이다. 크네히트의 죽음을 천진스런 티토를 각성하는 인간으로 책임
감 있는 인간으로 변하고 있음을 다음과 같은 말에서 찾아볼 수 있다.

---

200) WA 9, S.370
201) WA 9, S.461

아무리 항변을 해도 대가의 죽음에 대해서는 자기도 책임이 있다는 것을 느끼는 가운데 이 책임이 자기 자신과 자기 생활에 변화를 일으키며 지금까지 자기가 자기한테 요구한 것보다 더욱 위대한 것을 요구하리라는 예감에 사로잡히자 곧 그는 신성한 몸서리를 느꼈다.

und indem er sich, trotz allen Einwänden an des Meisters Tode mitschudig fühlte, überkam ihn mit heilgem Schauer die Ahnung, daß diese Schuld ihn selbst und sein Leben umgestalten und viel Größeres von ihm fordem werde, als er bisher je von sich verlangt hate[202]

4.3. 크네히트 죽음의 역리적 의미

크네히트가 카스탈리엔(Kastalien)의 정신국에서 연마했었던 양극성을 통일시키는 실천적인 단계로 과감히 옮기기 위해서 현실계에 속하는 디지그노리(Designori)의 아들 티토(Tito)를 위한 스승이 되고자 세상에 나오게 된다. 크네히트는 현실계에 속하는 티토의 잠재력을 인정하고서 서서히 교육을 시키려는 의지에 차 있다. 크네히트는 그의 제자 티토와 함께 차가운 산간호수에서 밤과 낮의 교차점에서 갑자기 심장마비가 되어서 죽게 된다.

주인공 크네히트가 그의 제자 티토의 교육을 위해서 차가운 호수에서 수영을 같이 하다가 죽음을 택하게 되는 희생적 행위는 공자의 실천적 행위와도 상통하는 바가 있지만, 역리적 관점에서 크네히트의 죽음을 고찰하기로 하자. 미들레톤(J. C. Middleton)은 그의 論文 「헤르만 헤세의 『유리알 유희』 속에 변용된 수수께기같은 인물 (An Enigma transflgured in Hermann Hesse Glasperlenspie1)」 속에서 크네히트의 죽음

---

202) WA 9. S.471.

을 역리원리와 관련지어서 처음으로 다음과 같이 언급하고 있다.

그는 크네히트의 죽음을 이괘(離卦, ☰, 火, 太陽, Logos)와 감괘(坎卦, ☵, 水, 月)를 통해서 하늘과 땅이 서로 조화를 이루게 하기 위한 희생으로 보았다. 티토는 감괘(坎卦)와 이괘(離卦) 사이에 태어난 인간이며 크네히트의 죽음을 통해서 신성을 실현하였다고 지적하고 있다.[203]

태양이 뜨는 산 언덕과 어둠에 깔려있는 산정호수는 바로 두 가지 태양과 불을 상징하는 이괘(離卦)와 물·호수를 상징하는 감괘(坎卦)를 나타내고 있다.

이와 같이 만물이 지니는 역리적 상징으로 보면, 크네히트의 죽음은 여러 가지로 해석할 수 있다. 소련의 중국학자 Stschuzki는 크네히트의 죽음을 64괘(卦) 중 마지막 괘인 화수미제(火水未濟)로서 풀이하고[204] 夏瑞春(Adrian Hsia)는 화수미제(火水未濟)의 예언적 기능을 강조하고 있다.[205] 크네히트의 죽음을 산수몽괘(山水蒙卦)로서 풀이하는 입장에 서는 헤세연구가는 울루술라 히(Ursula Chi), 볼비(M. Boulby), 夏瑞春(Adrian Hsia)을 들 수 있다.

러시아계 독문학자 레소 카라라쉬빌리(Reso Karalaschwili)는 크네히트의 죽음을 음과 양의 상징으로써 아침의 차가운 호수 속에서 하늘과 땅, 불(火)과 물(水)로 되어 있는 산정호수의 공간 속에서 두 음과 양의 요소가 조화를 이루고 있다고 지적하고 있다.[206]

지금까지 고찰해 본 크네히트의 죽음에 대한 해석을 종합하면 너

---

203) J.C. Middleton a.a.O., S.300~301.

204) Vgl. Mat. Ⅱ. S.228.

205) Ebenda. S.228.

206) Ebenda. S.228.

무 일방적인 견해를 피력하고 있다. 크네히트의 죽음은 일의적 해석 보다는 종합적 해석이 타당하다고 생각한다. 크네히트가 처하고 있었 던 죽음의 공간과 시간, 그리고 크네히트와 매우 밀접한 관련을 맺고 있는 티토와 상호연관 속에서 해석한다고 하면 다음과 같은 결론을 얻어 낼 수 있지 않을까 한다. 크네히트의 희생적 죽음은 티토의 제 자에게 새로운 인간성숙의 길로 발을 내딛도록 한다는 의미에서는 산수몽괘(山水蒙卦)로서 해석될 수 있다고 본다. 새로운 인간성숙에의 출발로써 크네히트의 죽음은 곧 새로운 인간의 탄생을 의미한다고 본다.

크네히트의 죽음을 부정적인 측면에서 크네히트의 미래에 어둡고 불길한 암시보다는 크네히트의 죽음을 매우 의미 있는 죽음으로 풀 이하는 것이 타당하다고 본다.

결국 크네히트의 죽음을 통해서 카스탈리엔(Kastalien)의 정신계(양) 와 현실계(음)의 합일이 이루어지면서 크네히트(스승)와 티토(제자) 사이에 영원한 교육적 유희로 발전되어 가고 있음을 상징적으로 암 시해주고 있는 것이다. 고로 크네히트의 죽음은 크네히트의 죽음의 상징으로서 화수미제(火水未濟)와 그의 계승자 티토의 재탄생의 상징 으로서 산수몽괘(山水蒙卦)로서 풀이하는 것이 합당하다고 본다.

4.4. 유리알 유희원리와 중국음악과의 관련성

헤세는 인간의 영혼과 집단무의식의 심연에까지 영향을 주고 있는 음악을 여불위가 지은 춘추(春秋)에서 발견한다. 1934년 9월자 편지 속에서 헤세는 융(Jung)한테 서양의 고전적 음악과 동일한 본질을 여불위의 춘추(春秋) 속에 섬세하게 체계화하고 있음을 확인한다.[207] 그의 편지에서도 순수한 중국음악의 정신과 윤리에 관해서 상술한 부분을 찾아볼 수 있다. 헤세는 여불위 춘추(春秋) 5권(五卷), 2장(二章), 3장(三章)에서 발췌하여 인용하고 있음을 1934년 8월 25일자 오트 바슬러(Ott Basler)한테 보내는 서간문 속에 쓰고 있는데, 헤세는 분명히 중국을 좋아하는 사람으로서가 아니라 이러한 지혜에 감동하여 동화되었다고 술회하고 있다.

> 완전한 음악은 그 원인이 있는 법이다. 그 음악은 균형에서 나오며, 그 균형은 정당함에서 생기며, 그 정당함은 세계의 정신에서 나온다. 세계정신을 이해하는 사람하고만 음악에 대해서 말할 수 있다. 제2, 제3 독일제국의 유혹가이며 종신 음악가인 바그너(Wagner)에 대해서 여불위는 정확히 알고 있다. 바그너한테 다음과 같이 말한다. 음악이 소음이 날수록 인간은 우울해지고 나라는 위태로워지며 군주는 침체해진다.

> Die vollkommene Musik hat ihre Ursache. Sie entsteht aus dem Gleichgewicht. Das Gleichgewicht entsteht aus dem Rechten, das Rechte entsteht aus dem Sinn der Welt, Darum vermag man nur mit einem, der den Weltsinn erkannt hat, über die Musik zu reden, Auch über Wagner, den Rattenfänger und Leibmusikanten des zweiten und dritten deutschen Reiches weiß Lu Bu We schon genau Bescheid. Es heißt bei ihm」 Je rauschender die Musik, desto melancholier die Menschen, desto gefährlicher wird das Land, desto tiefer sinkt der Fürst.[208]

헤세는 리하르트 빌헬름이 독어로 번역한 『여불위 춘추(Frühling und Herbst der Lü Bu We)』를 통해서 접하게 된다. 헤세는 현대의 음

---

207) Vgl. Mat. I, S.95~97.
208) Ebenda, S.94. (呂氏春秋 原文참조: 成樂有具, 必節嗜慾, 嗜慾下辟 樂及可務, 務樂有術, 必由平出, 平出於公 公出於道 故惟得道之人 其可與言樂乎)

악이 지니고 있는 미학적 기능에 반해서, 고대 중국에서부터 고대 그리스에 이르기까지 설화와 동화에서 보여 주었던 인간의 정신과 국민의 도덕을 지배하는 힘을 서술하고 있다. 순수한 음악이 지배하는 이상적이며 천국 같은 생활을 보여 주는 반면에 타락의 음악에서는 파괴하는 힘을 말해 준다.[209] 헤세는 이러한 음악에 대한 숭배를 유리알 유희에 내면적으로 깊은 관련성이 있음을 지적하고 있으며, 유리알 유희의 해설에 여불위의 춘추(春秋)에서 발췌하고 중국의 고서에서 인용하고 있음을 미루어 보아서 유리알 유희의 내용에 중국적 음악의 영향이 얼마나 지대한가를 여실히 보여주는 증거이다. 헤세는 쉬탐프리(W. Stampfli)한테 보내는 서간문에서 알 수 있듯이 여불위의 음악과 그 법칙 중 의미 있는 개념으로서 지적하고 있으며 유리알 유희의 제4판에서 가장 중요한 여불위의 문장을 글자 그대로 인용하고 있다.[210] 헤세는 여불위가 음악에 대해서 중요한 의미로 부여하고 있음에 틀림없다. 여불위는 시인도 아니요, 춘추의 저자도 아니요, 진나라 시대의 진시황(B.C. 221~206)에게 진시황의 재상으로서 춘추는 여불위의 청에 따라서 그 당시의 학자에 의해서 편집된 것이다. 헤세의 관심을 끌게 된 것은 중하강(仲夏江) 2章과 3章[대락(大樂)과 치락(侈樂)]이었다. 그러한 것은 문학적 창작이 아니라 옛날부터 전승되어 온 중국 음악관을 서술하고 있는 것이다.

헤세는 유리알 유희 입문에서 여불위의 두 장 대락(大樂)과 치락(侈樂)에서 발췌하여 가장 중요한 음악 사상을 위대한 음악, 고전음악과 소음을 일으키는 음악, 몰락의 음악을 다음과 같이 인용하고 있다.[211]

---

209) WA 9, S.15.
210) Vgl. Ebenda, S.93 und 97.

위대한 음악으로서 대락편 음악지소유래자원의 생어도량 본어태일 태일출양의 양의출음양 (중략) 천하태평 만물안녕 개화기상 락급가성 (大樂編 音樂之所由來者遠矣 生於度量 本於太一 太一出兩儀 兩儀出陰陽 (중략) 天下太平 萬物安寧 皆化其上 樂及可成)[212]에서 볼 수 있는 바와 같이 음악의 본질적 뿌리를 음과 양의 우주적 조화에 그 근거를 두고 있음을 알 수 있고 몰락의 음악인 치락(侈樂)편[213]에서는 음악이 문란하면 백성의 정신도 흐릿해지며, 음악의 본질이 상실된다는 말은 곧 음악 국민의 영혼의 소리요, 그 윤리성의 척도가 된다는 의미로 헤세는 본 작품에 수용하고 있다고 할 수 있다. 이와 같은 여불위의 춘추의 음악관(音樂觀)과 공자의 음악관과 관련지어서 얼마나 상관관계가 있는지를 고찰해 보기로 한다. 첫째로 공자는 음악관을 단적으로 표현해 주고 있는 다음과 같은 구절이 있다. "무릇 음은 사람의 마음에서 생기는 것이다. 락은 윤리에 통하는 것이다. 음을 상세히 살피면 락을 알게 되고 락을 잘 살피면 정치를 알게 된다(凡音生於人心者也, 樂者通於倫理者也, 審音以知樂 審樂以知政)"[214] 여기에서 말하고 있는 음은 마음의 표현이요, 영혼의 리듬이다. 음악(樂)은 인간의 도의심과 통하여 인생

211) Vgl. Lü Bu We, S.56~60.

212) 呂氏春秋集釋, 上冊許維遹撰, 佚文輯蔣위維喬輯, 世界書局印行, 中華民國 六十四年 二月四版 pp.216~218. (本作品의 原文참조 WA 9, S.27: Die Ursprünge der Musik liegen weit zurück. Sie entsteht aus dem Maβ und wurzelt in dem groβ en Einen. Das groβ e Eine erzeugt die zwei pole: die zwei polk erzeugen die kraft des Dankeln und des Licheen Wenn die Welt in Frieden ist, wenn alle Ding e in Ruhe sind, alle in ihren Wandlungen ihren Wandlungen ihren oberen folgen, dann läβ t sich die Musik vollenden.)

213) 上同, p.223(本作品의 原文을 보면 다음과 같다): 고락유치 이민유국유난 주유귀 즉적실락지정의 범고 성왕지소 위락락자 위기락야 하걸단사 작위치락 대고종성관 숙지음 이신위미 이중위관 숙위수귀 이소미 당문목소미견 무이상과 불용도량(故樂愈侈 而民愈國愈亂 主愈鬼 則赤失樂之情矣 凡古聖王之所 爲貴 樂者 爲其樂也 夏桀段紂 作爲侈樂 大鼓鐘磬管 簫之音 以鉅爲美 以衆爲觀 俶w詭殊瑰耳所未嘗聞 目所未見 務以相過 不用度量)

214) 論語: 玄岩版, 新譯四書 II, 成均書館, 1976, p. 258.

의 도(道)가 여기에 표시되어 있으므로 음악을 잘 터득하면 정치도 인간의 내면의 표현이기 때문에 정치의 이치를 알게 된다는 점이다. 둘째로 중국의 문화의 원천으로서 음악을 공자가 매우 깊은 관심을 가지고 연구하며 몸소 음악을 식음을 잊어버릴 정도로 즐겨 불렀으며 정서를 함양하며 윤리의식을 고취하는 매개체로서 보았다. 그의 팔일편(八佾篇)에서 "자위소진미의, 우진선야. 위무진미의, 미진선야(子謂 韶盡美矣, 又盡善也. 謂武盡美矣, 未盡善也)."[215]에서 보면 선과 미를 예술의 요소로 보고서 윤리성이 없는 예술은 가치 없는 예술로 판단하여 윤리성이 없는 예술이라고 배척하고 있다. 그래서 최고의 미는 최고의 선(善)과 일치한다고 하는 진리를 의미한다. 음악에 있어서도 이러한 윤리성을 강조하고 있다는 점과, 셋째로 공자의 음악은 미와 진(眞)의 통일이며 이러한 통일은 곧 우주의 화해(和諧)의 정신에 기본 바탕이 된다는 것을 감안하면 여불위의 춘추의 음악과 매우 상통하는 바가 크다고 하겠다. 단순하며 자연스러운 조화의 음악이 시끄러운 소음을 내는 음악으로 전환된다는 것은 그러한 음악과 문화와 윤리의 타락을 의미할 뿐만 아니라 인간과 국가사회가 바람직하지 못하게 나아가고 있다는 몰락의 징조를 뜻한다. 명랑성(Heiterkeit)과 절도(Maß)는 고전적 중국음악의 참다운 음악의 개념이다. 반면에 몰락하는 음악은 조화롭지 못하며 인간을 흥분시키며 소음을 일으키는 절도 없는 음악으로 나타나는 것이다. 헤세는 문예란 시대에 몰락하는 음악을 들어서 알고 있으며, 니체 시대 이후에 더욱 강렬하게 몰락하는 음악의 소리가 위협적으로 밀려왔으며 인간이 기계화되고 국

---

215) 論語 八佾篇.

민들이 신앙을 상실하는 가운데 윤리의 타락 현상과 예술이 비순수화 됨으로써 서구인들이 염세주의 및 허무주의에 빠져 그들의 영혼이 병들어 있는 징조를 보여 주고 있다.[216] 이러한 것은 유리알 유희의 입문에서 나오는 몰락하는 음악에로 되돌아가며 유럽예술의 광분하고 있는 모습을 그의 작품 『클링조어의 마지막 여름(Klingsors Letzter Sommer)』에서 다음과 같이 보여 주고 있다.

> 이 모든 이는 하나의 별을 기다리고 있다. 모든 이들은 신앙을 지니고 있다. 나는 단 하나만을 믿고 있다. 몰락에 대한 신앙만을 가지고 있다. 우리들은 몰락하고 있다. 우리는 죽어야 한다. 우리는 재차 탄생해야 한다. 우리들을 위한 위대한 전환이 시작되었다. 우리 옛 유럽의 모든 것은 죽었다. 우리에게 훌륭하고 독창적인 것이며 아름다운 이성은 의미 없는 것으로 되어 버렸으며, 우리들의 기계는 쏘는 도구요 폭발시키는 도구로 되었다. 우리의 예술은 자살한 것이다. 우리는 몰락하고 있다. (…) 그래서 확실한 것은 Tsing Tse음을 듣고 있다는 사실이다.[217]

유리알 유희에서 몰락하는 음악(Musik des Untergangs)을 재수용하고 있는 것은 헤세의 세계관을 반영하고 있으며, 명랑하고 조화로운 고전음악에 관련성이 있음을 파악할 수 있다. 유리알 유희작품에서 몰락하는 음악을 들으면 클링조어(Klingsohr)를 생각하게 해 주며 명랑한 유리알 유희음악에서 시원적인 존재의 단일성에로 귀환하고 있

---

216) WA 9, S.22.

217) WA 5,S. 329~330(Jeder hat seine Sterne (…) Jeder hat seinen Glauben. Ich glaube nur an eines: an den Untergang…Wir stehen im Untergang, Wir alle müssen sterben, wir müssen wieder geboren werden, die große Wende ist für uns gekommen (…) Bei uns im alten Europa ist alles gestorben, was bei uns gut und unser eignen war, unsere schöne Vernunft ist Irrsinn geworden, unsere Maschinen können bloß noch schieß en und explodieren. Unsere Kunst ist Selbstmord. Wir gehen unter…, so ist es uns bestimmt, die Tonart Tsing Tse ist angesimmt)

음을 알게 된다. 유리알 유희는 앞서 언급한 시대의 몰락에서 명랑성 (Heiterkeit)과 절도 있는 음악이 요구되며 균형 있고 조용한 고전음악을 순수하게 보존함으로써 문화와 윤리의 순수성을 보존하며 조화로운 인간의 질서와 우주적 질서를 유지할 수 있다. 이러한 조화로운 우주 음악은 다름 아닌 하늘과 땅, 음과 양의 우주적 조화에 뿌리를 두고 있는 여불위와 공자의 통일적 음악사상을 유리알 유희의 정신적 기조로 삼고 있음을 알 수 있다.

4.5. 음악대가(Musikmeister Magister Ludi)와 도가적 인간상

크네히트는 음악대가(Musikmeister)를 음악이 인격화한 것으로 보았지만 더욱 세밀히 관찰해 보면 중국적 지혜의 특징을 보이고 있음을 알 수 있다. 음악대가(Musikmeister)와 크네히트가 상봉한 후 나이가 들어감에 따라 더욱 음악대가(Musikmeister)는 노자의 지혜의 전형적인 모습을 보이고 있다. 처음으로 그는 크네히트한테 이상적 세계가 삶 속에서 실존하고 있음을 눈으로 볼 수 있도록 하며 도의 지혜를 구현한 존재로 되어 있음을 보여 주고 있다. 도덕경 제22장 익겸(益謙)의 장(章)에 다음과 같이 표현되어 있다.

> 굽으면 곧 온전하고 굽으면 곧 곧고, 웅덩이지면 곧 차고 해지면 곧 새로워지고, 적으면 곧 얻고 많으면 곧 미혹한다. 이로써 성인은 하나를 안고, 천하의 법이 된다. 스스로 나타내지 아니하나니 그러므로 맑다. 스스로 옳다 아니하나니, 그럼으로 나타난다. 스스로 자랑하지 아니하나니, 그럼으로 공이 있다. 스스로 뽐내지 아니하나니 그럼으로 길다. 오직 다투지 아니하나니 그럼으로 천하는 능히 더불어 다투는 일이 없다. 옛 말에 이른바 굽으면 곧 온전하

다 함은 어찌 허언(虛言)이랴. 진실로 온전히 하여 돌려준다.

曲則全 枉則直 窪則盈 敝則新 少則得 多則惑 是以聖人拘一爲 天下
式 不自是故明 不自是故彰 不自伐故有功 不自矜故長 夫唯不爭 故
天下莫能與之爭 古之所謂 曲則全著 豈虛言哉 誠全而歸之.[218]

이러한 도덕경에서 말하는 겸양지덕(謙讓之德)은 음악대가(Musikmeister)
에게 있어서 배우고 쌓아서 된 덕(德)이 아니라 어린 시절부터 그러한
겸양의 덕을 지니고 있었으며 크네히트는 그의 성품과 도인의 덕을
지니고 있는 음악의 대가를 알아 볼 수 있었다. 그러한 음악 대가는
12살 된 학생 신분을 지닌 크네히트한테 한없이 친절하며 소박하고
말없이 흥겨운 음악 속에서 경이로운 음악의 세계를 보여 주며 영혼
의 문을 열어 주는 조용하면서 명랑성을 잃지 않는 이상세계를 이끌
어 주는 존재임을 다음과 같은 구절에서 확인할 수 있다.

소년은 음악가에 대해서 사랑과 존경의 마음이 솟아오르고 있다.
그는 오늘에서야 처음으로 음악을 듣고 있으며, 소년 앞에 생기는
음악의 뒤에 숨겨 있는 정신을 예감하고 있으며 법칙성과 자유, 봉
사와 지배의 흥겨운 조화를 예감하고 있다. 이러한 정신과 이러한
대가에게 마음을 바쳤으며 찬양하였다. 온 세계가 이 순간에 음악
의 정신에 지배되고 질서가 잡히고 흥미를 찾는 듯했다.

Des Knaben Herz wallte von Verehrung, von Liebe für den Meister er höre
heute zum erstenmal Musik, er ahnte hinter dem vor ihm entstehenden
Tonwerk den Geist. die beglückende Harmonie von Gesetz und Freiheit,
von Dienen und Herrschen, er ergab und gelobte sich diesem Geist und
disem Meister, er sah sich und sein Leben und sah die ganz Welt in diesem
Minuten vom Geit der Musik geleitet, geordnet, geordnet und gedeutet.
(…)[219]

---

218) 老子道德經 第22章.

헤세는 1960年 서간문 속에서 음악의 대가에게서 어떠한 현실감 있는 모습을 찾아볼 수 없으며 도가적 무위(道家的 無爲)의 특성을 강조한 바는 없지만 도(道)의 지혜로움 속에서 살아가는 인간으로서, 즉 이상적 인간상으로서 생활 속에서 조화로운 단일성(單一性)을 보여 주고 있다고 지적하고 있다. 다시 말하면 음악의 대가는 다음 본문의 인용문에서 알 수 있듯이 명상수련을 통해서 중국 도가적 이상을 실현하려고 시도하고 있음을 인식하고 있다.

> 거기에는 여러 가지로 새로운 것을 배울 것이다. 그 중에는 재미있는 일도 많을 거야. 아마 유리알 유희도 곧 맛보게 될 것이다. 모두가 다 아름답고 중요하지만 무엇보다도 중요한 것이 한 가지 있어, 그것은 명상을 배우는 일이다. 누구나 일단 이것을 배우지만, 반드시 다시 검토된다고는 할 수 없다. 네가 그것을 올바르게 잘 배우기를 바란다. 음악을 배운 것과 마찬가지로 잘해. 그러면 다른 일을 뭐든지 혼자 할 수 있을 테니까. 그리고 처음 몇 자는 직접 내가 가르쳐 주마. 내가 너를 초대한 이유도 거기 있어. 그러면 오늘과 내일 그리고 모레는 날마다 한 시간씩 명상을 해보기로 하자.

> Dort wirst du allerlei Neues lernen, es ist viel Hüsches dabei, auch am Glasperlenspiel wirst du wohl bald zu nippen beginnen. Das alles ist wichtig, aber eines ist schön und ist wichtiger als alles andre: du wirst das Meditieren lernen. Scheinbar lernen es ja alle, aber man darf nicht immer nachprüfen. Von dir wünsche ich, daßdu es richtig und gut lernst, ebenso gut wie die Musik, alles andre kommt dann von selbst. Darum möchte ich dir die zwei oder drei ersten Lektionen selbst geben, das war der Grund meiner Einladung. Wir wollen also heut und morgen übermorgen je eine Stunde zu meditieren versuchen, und zwar über Musik.[220]

---

219) WA 9, S.54
220) WA 9, S.79.

에쉬홀츠(Eschholz)에서 교육을 끝마치고 음악대가는 크네히트를 방문하도록 초청한다. 그 이유는 크네히트가 유리알 유희의 의미를 알기 시작하는 새로운 단계의 문턱에 서게 되며 처음으로 명상의 수련을 해야 한다. 음악대가에 있어서는 이러한 유희의 연습은 그렇게 본질적인 것은 아닌 듯하다. 명상에로의 입문과정이 크네히트한테 중요한 의미를 지니고 있으며, 대부분의 학생들과는 달리 명상 수련을 기술로서 체득하는 것이 아니라 직접 명상 수련을 몸으로 체험하는 것이 필요함을 인식하도록 충고하는 것이다.

이러한 것은 노자의 도(道)와 일치하고 있는데, 지혜라고 하는 것은 가르쳐질 수 없으며 단지 체험을 통해서만 습득될 수 있는 것이다. 크네히트는 음악의 대가(Magister Ludi)한테 명상하는 가운데 음악의 길로 유도하며, 무의식의 심연에로 직접 접근하게 된다. 크네히트는 음악의 힘으로 그의 마음의 문을 열게 되어 처음으로 마음의 고요와 침잠하는 행복을 맛보게 된다. 도덕경 제16장 귀근(歸根)의 장에서 나오는 문장과 비교해 보면 매우 상통함을 인식할 수 있다.

> 허(虛)에 이르는 것 극(極)하고 정을 지키는 것 두터우면 만물과 아울러 일어난다. 나는 그것들이 돌아가는 것을 본다. 대저 만물은 예예(藝藝)하나 각각 그 뿌리로 복귀한다. 뿌리로 돌아가는 것을 정(靜)이라 한다.
>
> 致虛極 守靜篤 萬物竝作 吾以觀其復 夫物藝藝 各歸其根 歸根曰靜[221]

여기서 허(虛)와 정(靜)의 세계는 무위자연(無爲自然)의 본질을 설명

---

221) 道德經, 第16章.

하는 말로서 크네히트의 명상의 극치에서 맛볼 수 있는 내용이라고 할 수 있다. 명상에로 들어감으로써 젊은 크네히트에게는 매우 심오한 인상을 받았으며 그 속에서 여러 가지 의미를 파악했다.

음악 대가는 조용하고 심오한 얼굴 속에서 서로 상반되는 세계를 넘어서 그의 마음이 가라앉는 모습을 보여 주고 있다. 크네히트가 방문을 끝내고 천성에 따라서 발트첼(Waldzel)로 향할 때 유리알 유희를 습득하기 위해서 음악 대가는 유리알 유희의 위대함과 위험에 대해서 언급하고 있다. 크네히트는 그 말 속에서 노자의 지혜의 소리를 들을 수 있다. 그리고 음악 대가는 제자 크네히트한테 대립하는 것을 정확히 인식하고서 정열과 취향에 쏠리지 않고 단일성(單一性)의 극(極)으로써 파악할 것을 경고하고 있다.

> 실제로 위대한 영혼과 숙고된 정신 가운데 이러한 정열은 없다. 우리들 누구나가 인간일 따름이며 시도이며 도중에 있는 것이다. 완전함이 있는 곳을 향하여 추구해야 하며 주변이 아닌 중앙을 향하여 시도 매진하여야 한다. 우리 인간은 음악가가 아니면 유리알 유희의 연주자가 될 수 있으며 법칙과 질서에 완전히 헌신할 수 있다.

> In Wirklichkeit, das heißt in den großen Seelen und überlegenen Geistern, gibt es diese Leidenschaften nicht. Jeder von uns ist nur ein Mensch, nur ein Versuch, ein Unterwegs. Er soll aber dorthin unterwegs sein. wo das Vollkommene ist, er soll ins Zentrum streben, nicht an die Peripherie. Merke dir: man kann strenger Logiker oder Grammatiker und dabei voll Phantasie und Musik sein. Man kann Musikant oder Glasperlenspieler und dabei ganz Hingabe an Gesetz und Ordnung sein[222]

다음과 같은 역설(Paradoxie)을 통해서 보면 이러한 음악대가의 말

---

222) WA 9. S.84.

이 도(道)의 지혜와 상통하고 있음을 알 수 있다. 도덕경(道德經) 41장 동이(同異)의 장에서 보면 다음과 같이 기술되어 있다.

> 명도(明道)는 어두운 것과 같고, 진도(進道)는 물러서는 것과 같고 도(道)는 실마디와 같고, 상덕(上德)은 골짜기와 같고 대백(大白)은 때 묻은 것과 같고 광덕(廣德)은 족하지 못한 것과 같다. 건덕(建德)은 구차한 것과 같고, 질진(質眞)은 변한 것과 같고, 대방(大方)은 모퉁이가 없다. 대기(大器)는 만성(晩成)하고 대음(大音)은 희성(希聲)이며 대상(大象)은 형상이 없다.

> "明道若昧進道若退 夷道若類 上道若谷 大白若辱 廣德若不足 建德若偸 質眞若偸 大方無隅 大器晩成 大音希聲 大象無形 道隱無名 夫唯道善貸且成"223)

음악대가가 노자처럼 유리알 유희와 인간 유형에 대한 대화 속에서 모순되게 인생의 참모습을 기술하고 있기 때문에 젊은 크네히트는 음악대가의 말 속에서 단순하고 명료한 대답을 구하지 못한다. 진리가 있는지 없는지에 대한 질문에 음악대가는 다음과 같이 대답하고 있다.

> 진리는 존재한다. 그러나 그대가 바라는 답은 절대적으로, 그리고 완전히 현명한 것은 없다. 그대는 완전한 진리를 동경해서도 아니되며, 오히려 너 자신의 완성을 동경해야 한다. 진리는 체험하는 것이지 교수되어지는 것이 아니다.

> Es gibt die Wahrheit, mein Lieber! Aber die Lehre, die du begehrst, die absolute, vollkommen und allein weise mahende, die gibt es nicht. Du sollst dich auch gar nicht nach einer vollkommen Lehre sehnen, Freund, sondern nach Vervollkommung deiner selbst. Die Gottheit ist in dir, nicht in den

---

223) 道德經 41章.

begriffen und Büchern. Die Wahrheie Wird gelebt, nicht, doziert.[224]

음악대가는 도(道)의 봉사자로 나타나는데 진리는 가르쳐질 수 있는 것이 아니라 체험될 수 있다고 말하는데 그것은 또한 도의 봉사자로 명시된다. 그리고 거기에서 도(道)에 대한 지혜의 핵심을 보여주고 있다. 또한 그것은 인생관을 반영하고 있는데, 인간의 사명은 완전한 진리에 대한 추구와 인류를 행복하게 하기 위한 계획을 추진하는 것이 아니라, 자아완성에 있는 것이다. 그것은 노자의 도(道)는 사회를 구원하려고 하는 것이 아니고 다음과 같은 도덕경의 제28장 반박(反朴)의 장에서 보여 주는 바와 같이 각 개인에게 전인적 인간에로의 길, 즉 단일성(單一性)에로의 귀환의 길을 제시해 준다. 헤세는 새롭게 노자나 노자철학에 대해서 유별나게 언급하지 않고 있으면서도 아주 단순하고 자연스럽게 도에 따라 살아가는 현인을 나타내 보이고 있다. 이러한 현상을 노자의 도덕경 제45장 홍덕(洪德)의 장에서 찾아볼 수 있다.

> 대성은 어지러운 것과 같으나 그 용(用)은 해치지 않는다. 대익(大盈)은 빈 것과 같으나 그 용은 다하지 않는다. 대직(大直)은 굽은 것과 대익(大盈)은 굴한 것과 같고, 대변(大辯)은 말 더듬거림과 같다. 조(躁)는 한(寒)을 이기고 정(靜)은 열(熱)을 이긴다. 청정(淸靜)은 천하의 정(正)이 된다.
>
> 大成若缺 其用不弊 大盈若沖 其用不窮 大直若屈 大巧若拙 大辯若訥 躁勝寒 靜勝熱 淸靜爲天下正[225]

---

224) WA 9. S.85

225) 道德經 第45章.

헤세의 표현과 노자의 말은 역설적인 표현수법을 쓰고 있다는 면에서 공통점을 지니고 있다. 또한 내용 면에서도 청정무위(淸靜無爲)의 덕을 말해 주고 있다.

헤세는 음악대가를 통해서 노자를 위시하여 중국 현인들이 존중시하였고 지금까지 지켜왔었던 중국현인의 다음과 같은 도덕경의 제67장 삼보(三寶)의 장에서 제시하고 있는 세 가지 덕을 보여주고 있다. 첫째는 사랑이요, 둘째는 중용이요, 셋째는 천하의 선두가 되지 아니한다.[226]

무위자연(無爲自然)의 도를 체득한 참된 성인은 이 세 가지 것을 보배로 삼아 잠시도 잊지 않고 지켜 나가는 것이다. 이러한 세 가지 보배로 점점 강해져 원을 채우며 더 이상 득도(得道)하려고 노력하지 않아도 무한한 태초의 단일성(單一性)의 한 부분이 됨을 의미한다.

음악의 대가(Musikmeister)는 결국 노자의 도가사상의 지혜에 따라서 살아가는 법을 크네히트에게 제시해 주었다. 즉 존재의 시원의 세계, 내면의 세계로 귀환하며 언어에서 음악에로 음악에서 명상에로 귀착되고 있으며 인생의 최고의 경지와 완성의 경지에 이르고 있음을 인식할 수 있다.

4.6. 헤세의 작품『유리알 유희』속에 중국 수용의 표현주의적 의미

헤세가 지금까지 작품에서 보여 주었던 고전적 인간상들은 20세기 병폐된 유럽인의 의식을 변화시키기 위해서 표현주의가 추구하는 새

---

226) 一曰慈 二曰 儉 三曰 不敢爲天下先

로운 인간상으로써 부각시키고 있음을 파악했다. 시대의 위기를 의식하고 있었던 헤세가 시대를 극복하기 위한 그의 돌출구로서 중국을 수용하고 있는데 헤세는 표현주의적 차원에서 중국을 작품 속에 수용하고 있음을 발견할 수 있었다. 잉그리트 쉬스터(Ingrid Schuster)는 그의 논문 「중국옷을 입은 새로운 인간(Der neue Mensch im chine sischen Gewand)」에서 표현주의자들이 추구하는 새로운 인간상으로서 중국적 인간상을 20세기 작가, 브레히트(Brecht), 카프카(Kafka), 되블린(Döblin), 호프만 슈타알(Hofmannsthal), 루드비히 루빈너(Ludwig Rubiner), 톨러(Toller) 그리고 헤세를 들고 있다.[227] 특히 헤세는 세계대전으로 극심한 상황에 처하게 된 유럽인의 병폐된 의식을 변화시키기 위해 그의 만년작품인 『유리알 유희(Glasperlenspiel)』에서 중국적 새로운 인간상을 보여 주고 있다. 헤세는 표현주의가 지향하는 중국적 역리적 인간상을 표현하기 위해서 그가 체험한 역리사상을 작품 속에 수용하여 지금까지 등한시해 왔던 새로운 인간상으로서 중국적 인간상을 과감하게 서구인들에게 표현주의적 유토피아를 제시한 것으로 이해된다. 알놀트(A. Arnold)가 그의 저서 『표현주의 문학론(Die Literatur des Expressionismus)』에서 표현주의자들은 한 인간의 변화를 통해서 하나의 구원의 가능성을 희망하고 있다고 언급하고 있다.[228] 헤세는 전후 유럽인의 병폐된 의식에 새로운 자극을 주기 위해서 이와 같은 중국적 인간상을 표현주의가 추구하는 새로운 인간으로써 그의 작품 속에서 나타내고 있는 것이다.

---

227) Ingrid Schuster, Der neue Mensch in chinesischem Gewand, In: neue Züricher Zeitung, Literatur und Kunst, Sountag 21. November 1971.

228) Arnim Arnold, Die Literatur des Expressionismus, sprachliche und thematische Quellen, Kohlhammer Verlag-Stuttgart, Berlin, Mainz 1966. S.58~59.

제 7 장

결론

제7장 결론

　지금까지 19세기의 괴테와 20세기의 되블린과 헤세의 동양 수용과 그 문학적 의미를 살펴보았다. 괴테의 경우에는 시대위기에 대한 극복욕구 및 경직된 고전주의 미학으로부터의 탈피 욕구와 관련하여 살펴보았다. 괴테는 개인적 인생의 고독감과 정무에 지친 피로감, 그리고 나폴레옹(Napoleon)의 출현으로 인한 유럽의 시대위기감에서 처음에는 정신적 도피공간으로 동양을 택하지만, 점차 동양과 서양의 상호보완적 관련이라는 세계 문학적 차원에서 동양에 관심을 가지고 접촉하게 된다. 그리고 심미적으로는 고전주의의 경직된 미학으로부터 돌파구를 찾고자 하였다. 이 괴테는 열악한 개인적, 시대적 조건 속에서 이국적 세계에 대한 호기심의 차원에서 벗어나, 시대위기를 극복할 수 있다는 강한 신념 속에서 동양을 적극적으로 수용했다는 점을 지적할 수 있다.

　작품을 통한 중국 수용 이전단계의 괴테의 중국 수용과정을 살펴

보면, 괴테는 주로 불어, 영어, 라틴어로 번역된 중국고전에 대한 독서체험을 통해서 중국문학의 본질을 파악 할뿐만 아니라, 중국문학 속에 내재되어 있는 윤리성을 강조하는 유교사상과, 인간과 자연이 조화를 이루고 있는 도가적(道家的) 자연관을 수용하였다. 괴테는 중국사상을 수용함에 있어서 노엘과 포를 통해서 중국철학을 접하게 되며 중국의 교훈적, 윤리적 철학에 영향을 받았음을 확인했다.

다음으로, 괴테의 작품상에 수용된 중국적 모티브를 비교해보면 다음과 같이 요약된다. 괴테는 중국문학 속에 인간과 자연이 필연적으로 결속되어 있음을 인식하게 되고, 거기에서 고무를 받아 그의 작품 「중국독일의 사계절과 사시각」을 창작하게 된다. 정무에 지친 만년의 괴테는 제1시와 제6시에서 도피공간으로서 중국풍의 자연세계를 동경하고, 또한 제1시와 제13시에서 이태백처럼 술을 마시면서 영감으로 시(詩)를 쓰는 중국시인의 시풍을 보여주고 있다. 또한 괴테는 이 작품의 제5, 6, 7시에서 중국의 애정소설『화전(花箋, Chinese Courtship in Verse)』(Thoms의 英譯)에 나오는 사랑의 공간으로서의 정원의 모티브를 수용하고 있는 또한 괴테는 제11, 14시에서 노자(老子)의 도(道)와 공자(孔子)의 실천윤리사상(實踐倫理思想)과 일맥상통하는 내용을 시적으로 표현하고 있다.

괴테의 중국 수용의 문학적 의미를 세계 문학적 의미에서 검토한 결과 다음과 같은 결론을 도출해 낼 수 있었다.

괴테의 한시번역(漢詩飜譯)은 낯선 문화를 접촉함으로써 국가 간의 이해를 증진하고 서로 다른 민족에 대한 존중과 관용하는 정신을 배울 수 있다는 점에서 그의 번역을 통한 중국 수용은 세계 문학이념에 입각해서 이루어진 것으로 이해된다. 특히 만년의 그의 시 「중국독일의 사계절과 사시각」 역시 세계 문학의 일반적 보편성과 특수성을 중국문학에서 발견하고 이를 토대로 창작한 것으로 볼 수 있다. 괴테는 동양을 위기에 처한 유럽으로부터의 도피공간으로 택하였으며, 동서양이 전쟁을 일으키지 않고도 상호 간의 민족문화를 이해하면서 타민족에 관용하는 법을 배울 수 있다는 그의 세계 문학적 이념을 구현하기 위해서 몸소 이국적인 중국시를 번역하고, 만년의 상기한 시속에 중국적인 소재, 모티브 및 사상을 과감히 수용하고 있는데, 이것은 시대위기를 극복할 수 있는 지혜를 동양, 특히 중국에서 찾고자 하는 문학적 시도임을 확인할 수 있다.

다음 제5장 2절에서는 20세기의 되블린의 동양 수용과 그 문학적 의미를 살펴보았다. 작가의 동양 수용의 전제조건이라는 문제에 있어 개인적 요인과 시대적 요인이 크게 작용하고 있음을 확인했다. 불우한 가정형편에서 성장한 되블린은 암울한 시대상황에서 부조리하고 병든 빌헬름(Wilhelm)시대를 개혁하고자 새로운 이국적 세계로서의 중국을 체험하게 되며, 더욱이 레나(Lena)에서 러시아의 자르군대의 유혈진압으로 인한 중국광부들의 많은 희생에 관한 신문 기사를 읽고서 충격을 받았다는 점을 지적할 수 있다. 이 작가는 열악한 개인적, 시대적 조건 속에서 이국적 세계에 대한 호기심의 차원에서 벗어나, 시대위기를 극복할 수 있다는 강한 신념에서 동양을 적극적으로 수용했다는 점을 지적할 수 있다. 작품을 통한 중국 수용 이전단계의 두 작가의 중국 수용과정을 살펴보면, 되블린은 이미 리하르트 빌헬름, 마리틴 부버 그리고 그루베(Grube)가 번역한 다양한 중국고전문학을 통해서 중국철학의 특질을 받아들였다. 되블린은 중국의 핵심사상인 도가사상과 유교의 윤리사상과 그리고 조화사상에 영향을 받고 있다.

공통점으로는, 특히 되블린은 작품을 창작하기 위한 준비단계로서 철두철미하게 중국문학에 대한 독서체험을 하였다고 볼 수 있다. 되블린은 그의 소설 속 등장인물들(왕룬, 마노, 건륭)을 통해서 중국적 인간상을 보여주고 있다.

되블린의 경우에는 중국 수용의 문학적 의미를 표현주의적 의미에서 요약하면 다음과 같이 된다. 되블린은 세계대전으로 인한 최악의 부조리한 시대위기에 의한 유럽인의 병든 의식을 변화시키기 위해서 이국적인 중국의 소재, 모티브, 사상을 수용하여 표현주의적 작품 『왕룬의 세 도약』을 창작하였다. 되블린은 작품에 등장하는 중국적 인간상(왕룬, 마노, 건륭)을 통해 서구인들에게 지금까지 등한시되어 왔던 표현주의적 새로운 인간상(neues Menschenbild)을 제시하고 있는데, 이것은 그가 일종의 정신적인 소외효과(Verfremdungseffekt)를 불러일으키기 위해 의도한 것으로도 이해할 수 있다.

제6장에서는 헤세의 작품, 『클링조어의 마지막 여름』, 『싯다르타』그리고 『유리알 유희』의 작품에 헤세의 중국 수용과 그 문학적 의미를 고찰한 결과 다음과 같은 결론에 이르렀다. 한편 헤세는 싯다르타의 작품 주인공, 싯다르타를 통해서 불교적 성(聖)스러운 양(陽)의 세계를 체험하고 나서 인간의 속된 욕망의 세계 속에서는 음(陰)의 세계를 경험하게 된다. 이 두 가지 음과 양의 합일의 세계를, 자연(강)에서 깨닫게 되며 싯다르타와 그의 스승 바수데바는 자연(강)과 하나가 되는 도가적 인간상을 제시해 주고 있다. 또한 헤세는 『클링조어의 마지막 여름』에서 이태백과 두보풍의 인생무상적 분위기를 풍기는 클링조어(Klingsor)와 헤르만(Hermann)을 등장시켜 서구의 몰락상을 철두철미 체험한 후 그와 같은 몰락을 극복하는 지혜를 아세아에서 온 점성가

아르메니아인(Armenier)한테서 받는다. 이 작품에선 서구의 몰락을 재생으로써 부활시킬 수 있는 가능성을 노장자(老莊子)의 지혜에서 찾는 중국적 시인상을 보여 주고 있다.

헤세 생애의 총결산으로서 나온 『유리알 유희(GlasperIenspiel)』 작품은 서구의 문예란적인 혼란 속에서 서구의 2400년대에 새로운 유토피아적 세계상과 인간상을 중국의 역리사상과 도가사상에 근거해서 보여 주고 있다. 『유리알 유희』의 크네히트의 내면 성숙 과정과 죽음을 역리사상의 음·양 원리에 따라서 이루어지고 있음을 파악했다.

고로 크네히트는 역리사상의 원리에 입각해서 그의 내면 성숙과정을 역리적 인간상으로 보여 주었으며, 음악대가(Magister Ludi)는 도가적 사상에 입각해서 그의 표현되는 언어와 태도를 도가적 인간상으로 표현하고 있음을 고찰해 보았다.

헤세의 동아시아 수용과 그 표현주의적 의미를 규명하기 위해서 필자는 일반적으로 제1차 세계대전 이후에 처한 비참하고 암울한 시대 상황 속에서 표현주의적 새로운 인간상을 유토피아로써 제시하고 독일 표현주의자들의 동양지향주의와 관련하여 살펴 보았다.

프란츠 베르펠, 죠세프 빈클러, 알프레트 뒤블린, 도이블러는 서양의 역사적 전통을 부인하는 경향이 있었다. 그네들은 암흑한 시대상황에서 벗어나 하나의 새로운 개혁을 위한 강한 의지를 지니고 있었다. 새로운 인간상·세계상과 같은 새로운 유토피아를 창조하기 위해서, 그네들은 서양의 요소보다는 동아시아 주제, 모티브와 사상을 더욱 선호하고 있음이 드러나게 되었다. 필자는 헤세의 표현주의와 동양과의 관련성을 다음과 같이 검토하였다. 헤세가 동양 사상에 매료되었던 이유는 전후에 처한 사회적 난관들을 극복하기 위한 참다운 길을 발견하기 위함이었다. 전후의 유럽인들은 어둡고 병든 유럽을 개혁하고자 하는 표현주의적 의지로 동양을 수용하고 있음을 파악할 수 있었다.

또한 필자는 헤세작품에 나타난 동양적 인간상과 표현주의적 인간상 사이에 어떠한 관련성이 있는지를 검토한 결과 다음과 같은 결론에 이르게 되었다.

헤세는 세계대전 이후에 난관에 봉착한 유럽인들에게 그의 후기 작품『클링조아의 마지막 여름』을 통해서 표현주의적 새로운 인간상으로 중국시인상과 같은 새로운 중국적 인간상을 제시하고 있다. 이와 같은 표현주의적 새로운 인간상이 중국적 인간상과 관련하여 그의 상기한 작품에서 밝혀지고 있는 것이다. 결국 몰락하고 있는 유럽을 예감하였던 헤세는 하나의 시대 극복의 길로써 유럽인들에게 이국적인 동양적 인간상을 보여 주었다고 이해된다. 어느 의미에서 헤세의 동양 수용은 신화적, 종교적이며 신비적 세계를 추구하였던 일종의 표현주의의 경향과도 그 맥을 같이 하는 것으로 이해할 수도 있다.[229]

헤세의 지금까지 작품 속에 보여 주었던 중국적 인간상들은 20세기 병폐된 유럽인의 의식을 변화시키기 위해서 표현주의가 추구하는 새로운 인간상으로서 부각시키고 있음을 파악했다. 시대의 위기를 의식하고 있었던 헤세가 부조리한 시대를 극복하기 위한 그의 돌출구로서 중국을 수용하고 있는데 헤세는 표현주의적 차원에서 중국을

---

229) Vgl. Klaus Ziegler, Dichtung und Gesellschaft in Deutschen Expressuinismus. S.316~317 In: *Begriff sbestimmung des literarischen Expressionismus*. Hrsg. von Hans Gerd Rötzer. wissenschaftliche Buchgesellschaft Darmstadt 1976.

작품 속에 수용하고 있음을 발견할 수 있었다. 특히 헤세는 세계대전으로 극심한 상황 속에 처하게 된 유럽인의 병폐된 의식을 변화시키기 위해서 후기 작품『클링조어의 마지막 여름』, 그리고『유리알 유희』에서 중국적 새로운 인간상을 보여 주고 있다. 헤세는 표현주의가 지향하는 중국적 시인상을 표현하기 위해서 중국적 시인상과 중국사상을 작품 속에 수용하여 지금까지 등한시해 왔었던 새로운 인간상으로서 중국적 인간상을 과감하게 서구인들에게 제시하고 있다

알놀트(A. Arnold)가 그의 저서『표현주의 문학론(Die Literatur des Expressionismus)』에서 표현주의자들은 한 인간의 변화를 통해서 하나의 구원의 가능성을 희망하고 있다고 언급하고 있다.[230] 헤세는 전후 유럽인의 병폐된 의식에 새로운 자극을 주기 위해서 이와 같은 중국적 인간상을 표현주의가 추구하는 새로운 인간으로서 그의 작품 속에서 나타내고 있는 것이다.

앞으로 더 연구할 전망으로서 중국의 문화로부터 오랫동안 영향을 받아왔던 극동의 한국문화 속에 내재되어 중국적 요소와 독일 문학 세계 속에 나타나는 중국적 요소를 세계 문학적 차원과 비교문학적 관점에서 계속 연구할 과제가 남아 있다고 본다.

---

230) Arnim Arnold, *Die Literatur des Expressionismus, sprachliche und thematische Quellen*, Kohlhammer Verlag-Stuttgart, Berlin, Mainz 1966. S.58~59.

참고문헌

A. Primärliteratur

Döblin, Alfred: Die drei Sprünge des Wang-Lun, Walter Verlag, Olten 1960.

_____ : Aufsätze zur Literatur, Walter Verlag, Olten u. Freiburg 1963.

_____ : Auswahl aus dem erzählenden Werk, Herausgegeben von P. Lüth, Wiesbaden 1948.

Goethe, Wolfgang von Hamburger Ausgabe. I. Bd. 1-7., Hamburg, 1966.

Goethes Werke, Textkritisch durchgesehen mit Anmerkungen versehen von Erich Trunz, Christian Wegner Verlag, Hamburg 1969 Bd. 1-7.

Goethes sämtliche Werk, Stuttgart-Berlin, 1902～1972(cotta), Jubiläumausgabe X X X.

Hesse, Hermann: Gesammelte Werke, Suhrkamp Verlag. Frankfurt am Main 1953, Bd.3 u.1970, Bd.5, 9, 11, 12.

Lao-tse

Lao-Tse, Tao-Te-King, übersetzt und erläutert von Richard Wilhelm, Eugen Diederrichs Verlag, Düsseldorf /Köln 1952.

Liä-Dsi, Das wahre Buch vom quellenden Urgrund, übertragen und erläutert von Richard Wilhelm, Eugen Diederrichs Verlag, Düsseldorf /Köln 1972.

Erwin Roussel, Lau-Dsis Weg. Suhrkamp, Frankfurt am Main 1987. Tao-Te-King, Aus dem Chinesischen Übertragen und erläutert von Richard Wilhelm. Düsseldorf/Koln 1975.

Die Bahn und der rechte Weg des Lao-tse. Der Chinesischen Urschrift nachgedacht von Alexander Ular. Frankfurt a.M. 1903.

Tao Te King. Das Buch vom Weltgesetz und seinen Werken. Wiedergabe des chinesischen Textes. Durch Walter Jerven. Bern/München/Wien 1976.

Dschang-tse

Gleichnisse, Auswahl und Übertragung von Walter Salenstein. Erlenbach Zürich/Leipzig

1920.

Das Ware Buch vom südlichen Blütenland. Aus dem Chinesischen Übertragen und
erläutert von Richard Wihelm. Düsseldorf/Köln 1969.

I-Ging

I-Ging, Das Buch der Wandlung, Eugen Diederichs Verlag 1970.

Morbert A. Eichler, Das Buch der Wirklichkeit, rororo transformation Hamburg 1985.

Josef Ritt, Yin und Yang im traditionellen chinesischen Denken. Diplomarbeit, St.
Gabriel, 1975.

Li Tai-Bo

Li Tai-Bo, Rauch und Unsterblichkeit, Ausgewählt aus den Werken des Dichters und
mit einer Einleitung. versehen vonh Günther Debon, Verlag Kurt Desch
München Wien Basel 1958.

Lu Bu We, Frühling und Herbst. übersetzt und erläutert V. R. Wilhelm Jena 1928.

Hu Yu(Hrsg), Frübling und Herbst, übersetzt and erläutere V. Hu Tai pei 1904.

B. Sekundärliteratur

**Arnold, Armin: Die Literatur des Expressionismus. Sprachliche und thematische
Qullen, Kohlhammer Verlag, Stuttgart, Berlin, Mainz 1966.**

Aurich, Ursula: China im Spiegel der deutschen Literatur der 18. Jahrhundert, Verlag,
Berlin 1953.

Ball, Hugo: Hermann Hesse, Sein Leben and Sein Werk, Berlin, Fischer 1927.

Baumgart, H: Goethes lyrische Dichtung. 3Bde., Heidelberg 1931~1939.

Beutler, Ernst: Goethe und die chinesische Literatur, In: Das Buch in China und das
Buch uber China, Frankfurt a.M. 1928.

Biedermnann, Woldemar Freiherr von: Chinesisch-deutsche Jahres-und Tageszeiten In:
Goethe Forschung. neue Folge. Leipzig 1886.

Boerschermann, E: Po'-to-shan. Die heilige Insel der Kuan-Yin der Göttin der
Barmherzigkeit, Berlin 1911.

Boulby, Mark: Hermann Hesse, His Mind and Art, Cornell University Press. Ithaca,
New York 1967.

Braemer E: Kastalien als pädagogischer Provinz, In: Die neue Schule, Brl, Jg. 3, 1948, N8

Carlsson, A, Zwillingsbrüder: Wilhelm Meister and Josef Knecht. In: Neue Züricher
Zeitung, N 1878.

C. C. L. Hirschfeld: Theorie der Gartenkunst, Leipzig, 1779. Bd. I, S.84.

Chuan, Chen: die chinesische schöne Literatur im deutschen Schriftum, Diss, Kiel. 1933.

Chung, Erich Yin-Yen: Chinesisches Gedankengut in Goethes Werk, Diss., Mainz 1977.

Cohn, Hilde D: The Symbolic End of Hermann Hesse's Glasperlenspiel, In: Modern Language Quarterly, Seattle, Wash, 11, 1950.

Debon, Günther und Hsia, Adrian: Goethe und China- China und Goethe, Peter Lang, Bern 1985.

Dermine, R: Herman Hesse in Banne Goethes. In Revue des langues vivantes. Bruxelles vol. 26. 1954.

Dittmar, Christine Wagner: Goethe und die chinesische Literatur. In: Studien zu Goethes Alterswerk, hrsg. von Erich Trunz, Frankfurt 1971.

Döblin, Alfred: The living thought of confucius, Longmanns Green and Co.,New York, Boston, Toronto, London 1940.

Dscheng, Fang-Hsing: Alfred Döblins Roman 'Die drei Sprünge des Wang-Lun als Spiegel des Interesses moderner deutscher Autoren an China, Frankfurt a. M.1979.

Erich, yin-yen chung: Chinesisches Gedankengut in Goethes Werk. Diss. Mainz 1977.

Felbert, Ulich von: China und Japan als Impuls und Exmpel; fernöstliche Ideen u. Motiv bei Alfred Döblin, Bertolt Brecht u. Egon Erwin Kisch. Frankfurt a. M. Bern. New York 1986.

Field, G. W: Goethe and Das Glasperlenspiel: Reflections on Alterswerke; In: German Life & Letters, NS. vol. X X III, Okt. 1969. N.1.

Gajek, Bernhard: Hermann Hesses Verhältnis zum Expressionismus, In: Internationales Hermann Hesse. Symposion Vom 13, bis 15 April 1977.

Grube, Wilhelm: Geschichte der chinesischen Literatur, Leipzig 1902.

Günther, Christiane C.: Aufbruch nach Asien. indicium Verlag, München 1988.

Halpert, I. D.: The Alt-Musikmeister und Goethe, In: Monatshefte für deutschen Unterricht, Vol. 52. N4, 1961.

Hesse, Hermann et Rolland, Romain. D' une rive a L' autre Paris 1972.

Hideo, Fukuda: Über Goethes letzten Gedichtszyklus, Chinesisch-deutsche Jahres-und Tageszeiten. Goethe 30. 1968.

Hsia, Adrian: Hermann Hesse und China, Frankfurt am Main 1974.

Hwang, Hae-In: Ostasiatische Anschauungen in der deuschen Literatur des, 20 Jahrhunderts, unter der Berücksichtung der Werken von Alfred Döbln und Hermann Kassack, Diss, Bonn 1979.

Jenisch, Erich: Goethe und das ferne Asien, In: Deutsche Vierteljahrschrift für Literaturwissenschaft und Geistsegeschichte, 1923.

Karalaschwili, Reso: Das Goethebild in Hermann Hesses Schaffen, In: Hermann Hesse, Dank an Goethe, Betrachtung, Resensionen, Briefe, Insel, Verlag, 1975.

Klaus Wagenbach: Franz Kafka in Selbstzeugnissen und Bilddokumenten, Rein b. Hamburg 1964. Knopf, Jan and Zmegac V: Expressionismus als Dominate. In: Zmegac(Hrsg.): Geschichte der dt. Literatur vom 18 Jahrhundert bis zur Gegenwart Bd. II

Kohnheiser-Barwanietz, Ch. M.: Hermann Hesse und Goethe, Brl. 1954.

Korff, H. A.: Goethe im Bildwandel seiner Lyrik, Bd. Ⅱ. Leipzig 1958Kreuzer, Leo: Alfred Döblin. Sein Werk bis 1933, 1970.

Lee, Inn-ung: Ostasiatische Anschaunngen im werk Hermann Hesses, Diss, Würzburg, 1972

Lorenzen, H.: Kastalien-eine moderne pädagogische Provinz im Glasperlenspiel Hermann Hesses. In: Pädagogische Rundschau, Ratingen; Jg. 9. 1954/55.

Materialien zu Hermann Hesse 「Das Glasperlenspie」, Bd. Ⅱ, Suhrkamp Verlag, Frankfurt am main 1974.

Mayer, Gerhart: Die Begegnung des Christentums mit den asiatischen. Religionen im Werk Hermann Hesses, Ludwig Rohrscheid Verlag, Bonn 1956.

Middell, E.: Imaginierte heile Welt, Hermann Hesses Biblothek der Weltliteratur kritisch gesehen. In: 100, Jahre Reclams Universal. Bibliothek 1867-1967, LPZ. 1967.

Middleton, T. C.: An Engigma transfigured im Hermann Hess's Glasperlenspiel. In: German Life and Letters, Oxford, 10, 1956.

Mommsen, Katharina: Goethe und China in ihrnn Wechselbeziehung. In: Goethe und China-China und Goethe, Hrsg von Günther Debon und Adrian Hsia, Peter Lang Bern 1985.

Muschg, Walter: Von Trakl zu Brecht, Dichter des Expressionismus, München 1961. Ders.: Nachwort des Herausgebers. In: Alfred Döblin, Die drei Sprünge des Wang-Lun, Walter Verlag. Olten 1960.

Paulsen, Wolfgang: Deutsche Literatur des Expressionismus. Peter Lang, Berlin, Frankfurt am Main, New York 1983.

Paw, Cornellen de: Recherches philosophiques sur Egyptiens et les Chinois, Berlin 1773.

Prangel, M: Alfred Döblin, Merzersche Verlagsbuchhandlung, Stuttgart 1973.

Reichwein, Adolf: China und Europe, Intellectual and Artistic Contacts in the Eighteenth Century CH'ENC-WEN Publiching Company, Tai-pai 1967.

Riedel, Walter: Der neue Mensch, Mythos und Wirklichkeit, H. Bouvier, u. Co., Verlag, Bonn 1970.

Rief, Wolfgang: Zivilisationsflucht und literaricsche Wunschträume, Der exotisthe Roman im ersten viertel des 20 Jahrhunderts. Stuttgart 1975.

Sachs, Hans: Goethes chinesisch-deuches Jahes-und Tageszeiten, ein verlüsseltes Gedenkenblatt, In: Hamburger Goethe Gesellschaft 1977.

Sammuel, Richard and R. Hinton Thomas: Expressionism in German Lift, Literatur and the Theatre. (1910-1920) Abert philadelphia.

Schopenhauer, Arthur: Sinologie. In: "über den Willen in der Natur", ebd. Bd.3.

Schuster, Ingrid: China und Japan in der deutschen Literatur 1890~1925, Francke Verlag Bern und Munchen 1977.

Ders.: Der neue Mensch im chinesischen Gewand. In: Neue Züricher Zeitung. Literatur und Kunst, Sonntag 21. Nov. 1971.

Solbrig Ingeborg F: Literarischer Orientalismus im Expressionismus. Der Mohammed Roman Klabunds. In: Im Dialog mit der Moderne.

Solms, Wilhelm: Goethes Vorarbeiten zum Divan. In: Münchner Germanistische Beiträge, hrsg. von Werner Betz und Hermann Kunisch, Band 12. Wilhelm Fink Verlag, München 1977.

Steiger, Emil: Goethe. Bde. II, Zurich 1949.

Stark, Michael: Für und wider den Expressionismus, die Entstehung der Intellektuellendebatte in der deutschen Literaturgeschichte. Metzler Studienausgabe. Stuttgart 1982.

Strich, Fritz: Dichtung und Zivilisation, Meyer & Jessen/München 1928.

Ders.: Goethe und die Weltliteratur, Franke Verlag Bern und München 1946.

Stuyver, Wilhemina: Deutsche expressionistische Dichtung in Lichte der Phiolosophie der Gegenwart, Diss, Amsterdam 1939.

Thoms, Peter Perry: Chinese Courtship in Verse. London 1824.

Tscharner, Ed. Horst von: China in der deutschen Dichtung, Verlag von Ernst Reinhardt, München 1939.

Viétor, Karl: Geist und Form. Bern 1952.

Ders., Goethe. Cambridge 1949.

Wagner-Dittmar, Christine: Goethe und die Chinesische Literatur, In: Studien zu Goethes Alterswerken. Hrsg. von Erich Trunz. Frankfurt, 1971.

Wiegand, J.: Zur lyrischen Kunst Walthers, Klopstocks und Goethes, Tübingen 1956.

Wilhelm, Richard: Goethe und die chinesische Kultur. Jahresbuch des freien deutschen Hochschrifts, Fankfurt a.M. 1927.

Ders.: Goethe und Laotse, In: Europaische Revue 4(1928).

Wundt, Max: Die dt. Schulphilosophie im Zeitalter der Aufklärung, Tübingen 1945.

Ziegler, Klaus; Dichtung und Gesellschaft in Deutschen Expressuinismus. In: Begriffsbestimmung des Literarischen Expressionismus. Hrsg. von Hans Gerd Rötzer. wissenschaftliche Buchgesellschaft Darmstadt 1976.

국내서적

김학주, 『老子와 사상』, 서울: 태양출판사, 1978.

남만성 역주, 『도덕경』, 을유문고 42, 서울: 을유문화사, 1976.

論語, 玄岩版, 『新譯四書 II』, 서울: 成均館, 1976.

憑友蘭 · Derk Bodde 共著, 『中國思想史, 姜在論譯』, 서울: 日新社. 1980.

朴贊機, 『獨逸古典主義의 文學史的 研究』, 서울: 一志社, 1984.

우현민 역주, 『老子』, 서울: 博英社, 1976.

劉若愚, 『中國詩學, 李章右譯』, 서울: 同和出版社, 1976.

이유영, 『괴테와 東洋文學』, 한국괴테협회 編, 괴테研究, 서울: 文學과 知性社, 1983.

林語堂, 『生活의 發見』, 金鐘觀 역, 서울: 三省堂, 1974.

李漢祚 編譯, 『杜甫詩選』, 서울: 中央新書, 1985.

張其槿 編, 『李太白』, 서울: 大宗出版社, 1985.

장기근 편, 『杜甫』, 서울: 大宗出版社, 1984.

황진, 『헤르만 헤세의 생애와 문학사상』, 대구: 계명대학교 출판부, 1985.

색 인

진상범 ——————

　서강대학교 독어독문학과 및 동대학원 졸업
　독일 괴팅겐대학교 및 오스트리아 학무성(BMWF) 초청 비엔나대학교 독문학박사학위수료
　(Kan. Dr. Phil.)
　고려대학교 문학 박사
　오스트리아 빈 대학교(Wien Uni.) 문교부 해외파견교수
　세계문학비교학회회장
　국제비교문학학회(ICLA) 조직위원 역임.

　성장소설이란 무엇인가?, 파우스트와 빌헬름 마이스터연구, 독일문학의 수용과 해석, 대중문
　학이란 무엇인가?, 신문소설이란 무엇인가?, Eins und doppelt, Beyond Binarisms: Crossing and
　Contaminations: Studies in Comparative Literature(공저) 및 서양예술 속의 동양탐색 등의 개인저
　서, 기타 다수의 국내 및 국제학회 비교문학관련 논문(ICLA, IVG)이 있음.

독일문학과 동양의 만남

초판인쇄 | 2011년 4월 22일
초판발행 | 2011년 4월 22일

지 은 이 | 진상범
펴 낸 이 | 채종준
펴 낸 곳 | 한국학술정보㈜
주　　　소 | 경기도 파주시 교하읍 문발리 파주출판문화정보산업단지 513-5
전　　　화 | 031) 908-3181(대표)
팩　　　스 | 031) 908-3189
홈페이지 | http://ebook.kstudy.com
E-mail | 출판사업부　publish@kstudy.com
등　　　록 | 제일산-115호(2000. 6. 19)

ISBN　　978-89-268-2146-6 93850 (Paper Book)
　　　　 978-89-268-2147-3 98850 (e-Book)